官能小説 —

つゆだくお届け便

鷹澤フブキ

竹書房ラブロマン文庫

目次

この作品は、竹書房ラブロマン文庫のために
書き下ろされたものです。

プロローグ

「しかし、あれだな。金曜日の夜だっていうのに、男ふたりで飲んでるっていうのは色気がないよな」

居酒屋のふたりがけのテーブルで向かい合わせに座った佐藤剛史は自嘲気味に笑うと、目の前に置かれたハイボールをぐっと呷ってみせた。

やれやれ、また先輩のボヤキ話がはじまったと思いながらも、坂下翼は、

「まあ、いいじゃないですか。男同士のほうが気を遣わずに済みますよ」

と、その場を取りなす言葉を口にした。

剛史は普段は面倒見がよく頼りがいもある先輩だが、アルコールが入ると日頃のストレスからか、やや愚痴っぽくなるときがある。

それでも、仕事終わりに飲みに誘われても断れないのは、職場での人間関係を壊したくないからだけではなく、剛史を嫌いにはなれないからだ。翼とて、飲むと親しい

人間には、抱えている悩みを打ち明けたくなる。

二十五歳の翼は大学進学と同時に上京して、ひとり暮らしをはじめた。卒業後も地元に戻らずに都内で福祉関係の会社に就職をしたので、ひとり暮らしも八年目に突入したところだ。

剛史は翼よりもひとつ年上で、やはりひとり暮らしをしている。置かれている環境が近いせいか、なんとなく剛史の心情が理解できる気がした。

「そういえばさ、俺、最近出前アプリをよく使ってるんだよ」

ハイボールのジョッキを手にしたまま、剛史が唐突に切り出した。

「出前アプリって、ウーバーなんとかみたいな、色んな店のメニューを自宅まで届けてくれるサービスのことですよね」

「そうなんだよ。さすがに毎日毎日コンビニ弁当っていうのも味気ないだろう。そうかといって、ひとりで入れる飲食店っていうのも限られるじゃないか。その点、出前だったら多少の配達料は取られても、自宅で好きなものを食べられるっていうのがいいんだよな。それに居酒屋でも定食屋でも酒代も馬鹿にならないからな」

「へえ、そうなんですか。出前アプリがあるのは知ってるけど、僕はまだ使ったことがありませんよ」

「意外だな。ひとり暮らしの男子にとっては、出前アプリはいざというときの救世主みたいなもんだぞ。飯は食いたいが冷蔵庫には食いもんがない、表にも出たくないってときにはマジで配達員が神さまみたいに思えるくらいだよ」

そう言うと、剛史はスマホの液晶画面を操作してアプリを起動した。

「俺が最近ハマってるアプリはこれなんだよ」

剛史は得意そうにスマホを翼のほうへと差し出した。

液晶画面には『Wober』というアプリ名と、自転車に颯爽と跨ってにこやかに笑う女性の画像が表示されている。

女性は胸元にロゴマークが入ったショッキングピンクのポロシャツと、すらりとした下半身にフィットする膝よりもかなり丈が短いサイクリング用の黒いパンツを穿いていた。

「この『Wober』っていうのは、Women Bring Eating Relax の略なんだってさ。名前の通り、料理を運んでくれる配達員は全員女性なんだよ」

「えっ、配達員が全員女性なんですか？」

「そうなんだ。それがこの『Wober』の最大の売りなんだよ。どうせ出前を頼むなら、届けてくれるのが女性のほうが独り身の男にはグッとくると思わないか？　アプリのタイトル画面に載ってるのはプロのモデルだろうけど、実際に配達してるのは二十代前半から三十代後半くらいまでの普通っぽい女性なんだよ。モデルみたいなタイプだったら近づきづらいけど、近所に住んでる奥さんみたいな感じが妙にそそるんだよな」

「まあ、そう言われればそんな気もしますけど、出前の料理なんて誰が運んだって変わらないじゃないですか？」

「ったく、お前らしいよな。料理は同じでも、俺的には女性から手渡されたら、それだけでひと味もふた味も違うように思えるんだよ。だって、考えてもみろよ。うちの職場には、恋愛の対象やオカズになるような女子は皆無なんだぞ」

スマホを握りしめたまま、剛史は力説した。

翼は学生時代から合コンなどに誘われても、女性に対して積極的に話しかけられるタイプではない。いわゆる草食系男子だ。

それに対して、剛史はガールズバーなどに行ってもカウンター越しに女の子に盛んにモーションをかける、翼から見るとちょっと引いてしまうくらいの肉食系男子なのだ。

剛史が言うように、確かにふたりが在籍する部署には若い女性社員はいない。

数少ない女性社員はいるが、上司が少し冗談めいた軽口を叩いただけでハラスメントだと眉尻をぎゅっとあげる、お局さまタイプの女性ばかりなのだ。

職場がこんな環境なのだから、剛史が出前の配達員にささやかな潤いみたいなものを求めるのも無理はない気がした。

「これはあくまでも噂というか、都市伝説みたいなもんなんだけどさ……」

剛史は急に声のトーンを落とすと、周囲の客のようすを窺うように視線をぐるりと巡らすと、翼に向かってテーブル越しに身を乗り出してきた。

「あくまでも噂話でしかないんだけど、秘密の暗号があって、うまくいくと配達に来た女性がエッチなことをしてくれるっていうんだよ」

周囲を憚るように声を潜めながら、剛史は男の好奇心をそそらずにはいられない話を口にした。あくまでも都市伝説だと強調しながらも、剛史の表情にはそこはかとない期待感が浮かんでいる。

「まさか、そんなことあるわけないじゃないですか」

「だよなあ、そんな都合のいい話があるわけがないよな。でも、そんな噂話を聞くと、ついついよからぬ妄想をしちまうんだよ。我ながら馬鹿だなとは思ってるんだよ。でもさ、配達に来る女性ってのが、妙に色っぽいタイプが多い気がするんだよな。自転車を漕ぐせいか、下半身にぴたっとしたミニ丈のパンツを穿いててさ。やっぱ、男だから太腿とか尻のラインを見たら、スケベな妄想がふくらむんだよな」

噂話を打ち消すような翼の言葉に、剛史は少し照れくさそうに笑うとジョッキに口をつけた。

翼の脳裏に、女性特有の丸みを帯びた曲線を描く下半身が浮かぶ。

男女を問わず下半身を包むズボンタイプの衣服をパンツと表現するのはわかりきってはいるが、パンツという単語に過剰なほどに反応してしまうのは男の本能みたいなものだろう。

「えっ、そんなに色っぽい格好で配達してるんですか？」

邪な妄想に駆られ、翼も知らず知らずのうちに身を乗り出してしまう。

「そうなんだよ。レオタードみたいに身体のラインがモロに出るパンツを穿いてると、土手の形までわかるときがあるんだ。気づかないフリをしてるけど、帰った後はびんびんになってることもあって、抜くのが先か、食うのが先か悩むところだよ」

「先輩、ちょっと声が大きいですって」

きわどい話の内容に周囲の視線を感じて諫めようとしたが、剛史はいっこうに気にする気配はない。むしろ聞かせたいとでもいうように、ますます声高になる。

「おまけに配達員が人妻っぽいのが多いのがそそるんだよな」

「人妻っぽいっていったって、そんなの確かめようがないじゃないですか？」

「鈍いなあ。指輪だよ、指輪。左手の薬指に結婚指輪をしていたら人妻確定か、少なくともステディな相手がいるってことだよ。あんなエッチな身体つきをしているのが、旦那に抱かれてると思うと妙に興奮するんだよ」

後輩がようやく会話に食いついてきたことに、剛史は気をよくしているようだ。居酒屋とはいえ、至近距離に女性客がいたら眉を顰められそうな言葉を連発する。

「まあ、なんだ。百聞は一見に如かずというだろう。登録をするだけなら無料なんだから、登録してみろよ。まずはアプリ名で検索してみろよ」

「まあ、無料なら……」

言われるままに、スマホを操作して『Wober』を検索してみると、簡単にアプリのダウンロード画面にたどり着いた。

アプリをダウンロードをするとなると慎重になってしまうところだが、職場の先輩である剛史が愛用しているところを見ると心配は要らないだろう。

アプリをダウンロードすると、登録画面が現れた。画面の案内に従って、項目を埋めていくと最後に必須ではないが、本人の顔写真を登録するか否かという項目が表示された。

「先輩、顔写真を登録するかって項目が出ましたけど、マジでヤバくないですか？」

一抹（いちまつ）の不安が翼の口をついて出た。個人情報という言葉が世を跋扈（ばっこ）するようになって以来、身元が特定されそうなものを登録することに躊躇（ちゅうちょ）を覚えてしまうのは当然のことだ。

必須項目ではないとはいえ、会員には顔写真の登録を勧めておきながら、配達する女性たちの顔写真などは掲載されていない。

「会員には顔写真の登録を勧めてるのに、配達員の写真が出ていないのはおかしくないですか？」

「俺も顔写真を登録したけど、トラブルは一度もないから大丈夫だって。あくまでも配達ミスを防ぐためらしいよ。顔写真を登録すると、初回は配達料がほんの少しだけ割引になるんだよ。出前の受け取りだけだから細かい話はしていないけど人妻っぽい女性が多いから、あえて顔写真は載せないんじゃないか。顔写真なんかを載せると、新手の風俗かなんかと勘違いする男がいるかも知れないしな」

よほどこのアプリを気に入っているのか、剛史は胸を叩いて言いきってみせた。アルコールが入っているときの剛史には逆らわないほうがいい。先輩後輩の関係を続けてきただけに、それは翼の身に染みついていた。

人妻という剛史の言葉が、翼の性的な好奇心をくすぐる。

いままで一度たりとも人妻はもちろんだが、年上の女性と交際したことはない。学生時代に付き合ったのも、年下の女の子ばかりだった。

だが人妻という単語は、男にとって妙にヘソの下の辺りが煽り立てられる極めて魅惑的な響きであることは間違いなかった。

「わかりました。先輩を信用して登録するんですからね」

「大丈夫だって。じゃあ、登録用の顔写真を撮ってやるからスマホを寄越せよ」

言われるままにスマホを渡すと剛史は、

「イイ男に見えるように、ポーズを決めてみろよ」

と茶化すような言葉を口にしながらスマホを構えた。

「そんなふうに言われたって、こんな場所でポーズなんて取れませんよ」

「まあ、それもそうだな。よし、ちゃんとこっちを見ろよ」

洒落っ気のない居酒屋で男ふたりでスマホで写真を撮っていたら、おかしなやつだと思われかねない。翼はこんな面倒なことはさっさと済ませるに限ると割りきると、スマホのカメラに向かって視線を注いだ。

「よし、これでいいんじゃないか。坂下って実際の年よりも若く見えるからいいよな。俺はどっちかっていうと年よりも老けて見られるから、昔から合コンとかでもウケが悪いんだよ」

剛史は画像を確認すると、にたりと笑いながらスマホを差し出した。

「受け取りミスを防ぐだけなら、相手からどんなふうに見られたって変わりはないんじゃないですか」

翼はスマホを受け取ると、撮ったばかりの顔写真をアプリに登録した。

「まあ、そんな素っ気のないことを言うなって。都市伝説だとは思っていても、人妻がいやらしいことをしてくれるなんて想像するだけでわくわくするじゃないか」

「でも、実際に先輩はイイ思いをしたことはないんですよね。いままで何回くらい出前を頼んでるんですか？」

「そうだなあ、週に一、二回は頼んでるから二十回くらいかな。配達料が若干上乗せされるけど、外食をすることを考えたら絶対に割安だしな」

剛史は負け惜しみのように、割安というところを強調してみせた。

「二十回も頼んでるのに、噂みたいなことは一度もないんですよね？」

「今まではないけど、これからイイ思いをするかも知れないじゃないか。諦めたら、そこで試合終了なんだぞ。試しに一度頼んでみろって。別にエロいことがなくても、むっちりとしたヒップラインや太腿を拝めるだけで十分にオカズになるからな」

剛史はむきになったように言うと、テーブルの上に置かれた大ぶりの唐揚げを口の中に放り込んだ。頰（ほお）をふくらませて肉を貪（むさぼ）る姿は、正真正銘の肉食系男子だ。

先輩が毎週のように頼んでるってことは、よっぽど色っぽい女性が出前を届けに来るんだろうな。そうでなければ、こんなにハマるはずがないもんな。まあ、話のネタに一回くらいは頼まないと、先輩がうるさそうだしな……。

翼はスマホに映し出されたアプリの画面にちらりと視線を落としながら、漠然とそんなふうに思った。

第一章　美妻配達員の誘惑

ひとり暮らしをしていると、休日もたまっていた洗濯などの雑事で潰れてしまう。

翼の会社は老人ホームなどの運営をしているので、現場が動いている以上、事務もシフト制の勤務になっている。そのため週休二日制ではあるが、休みが土日に固定されているわけではなかった。

とはいえある程度は希望が通るので、特に不自由に感じることもない。逆に人混みはあまり好きではないので、平日休みのほうがどこかに出かけるにしても空いている上にサービスがいいという利点もある。

はあ、やっとこれでひと息ついたかな……。

シーツやタオルなどをまとめて洗濯し、乾燥機に入れて時計を見ると午後二時を少し回ったところだった。

近隣にも飲食店はあるが、ちょうどランチタイムが終わったところだ。

ひとり暮らしなので、冷蔵庫の中にあるのは缶ビールやレトルトのツマミの類しかない。非常食みたいなインスタント食品は多少なりとも買い置きはあるが、休日の昼間にそれを食べるのは少々味気がない気がした。

友人たちとの約束がない休日の夜は、ワンルームのマンションから歩いて五分ほどの定食屋で、ビールとともにその週のサービス定食で済ませるのがルーティーンになっている。

さすがに、夜まで何も食べないっていうのはな。しかたがない。こいつで小腹を誤魔化そうか……。

と、電子レンジが備えつけられた棚の上に置かれたカップラーメンに手を伸ばしかけた翼の脳裏に、先日ダウンロードしたばかりのアプリが浮かんだ。

そうだよ、出前っていう手があるじゃないか。先日、先輩から教わったアプリがスマホに入ってたよな……。

翼はスマホを手にすると、剛史から半ば強制的にダウンロードさせられたアプリを起動した。自転車に颯爽と跨って微笑む女性の笑顔を見ると、剛史が言っていた怪しげな都市伝説がちらりと頭をかすめる。

いかにもモデルという感じの女性からは、いかがわしい雰囲気は感じられない。

出前を届けにきた妙齢の女性がエッチなことをしてくれる。そんな美味しい話が転がっているはずがない。わかってはいるが、翼だって二十代半ばの健康な男子だ。液晶画面から微笑みかける女性を見ていると、淫らな欲望が湧きあがってくる。もちろん、タイトル画面でポーズを決めているのは出前を届けてくれる女性ではなく、プロのモデルだろうということは理解していた。

剛史が力説したように、ごく普通っぽい人妻がそんなことをしてくれると想像したほうが、はるかに好奇心をそそられるというものだ。

幾ら自他ともに認める草食系男子とはいえ、女性に対して興味がないわけでも、性欲がないわけでもない。

ただ勇猛果敢にアタックをしたとしても袖にされることを考えると、どうしても臆病になってしまうだけなのだ。

先輩は二十回頼んでも、一度もイイ思いをしたことはないって言っていたな。まあ、一度くらいは頼まないと、先輩と話が合わないしな……。

言い訳めいた言葉を胸の中で呟きながら、翼は『Wober』の画面をクリックした。住んでいる地域を入力すると、いまの時間に配達可能な店舗とメニューがずらりと表示される。

へえ、先輩が言っていたけれど、配達料を加算してもそれほど高額じゃないんだ。見慣れた店舗もいっぱいあるし、わざわざ着替えて出かける手間を考えると結構便利そうじゃないか……。

翼は日頃からよく利用している牛丼専門店を見つけると、牛丼の並盛を選んだ。細かくサイズを指定できるだけでなく、サイドメニューなども充実している。

注文ページの一番下には、リクエストを入力できる項目も設けられていた。ここにはタレの多め少なめなどの味の好みや、苦手な食材などを記入できるようになっている。

サイズは並盛で、ツユダクにして玉ねぎは抜いてもらおうかな……。

店舗でもツユダクを頼むことはあるが、なかなか玉ネギまで抜いて欲しいとは言いにくい。

絶対に食べられないわけではないが、ネギ類はあまり得意ではない翼にとっては、これは嬉しいサービスだった。

注文を完了させると、配達員の名前が「juri.k」とローマ字表記で表示された。剛史の言っていたように配達員の顔写真は表示されなかったが、逆にどんな女性が届けに来るのだろうと想像するのも楽しみだと思えた。

思えば、飲食店でテイクアウトはしたことはあるが、出前を頼むのは生まれてはじめての経験だ。

翼はなんとなく気持ちが浮つくのを覚えた。どんな女性が出前を届けてくれるかわからないが、あまり広くはない玄関での受け渡しになることは想像に難(かた)くない。あんまりにも片付いていないと、だらしのないヤツだって思われるかも知れないな……。


思えば、この部屋に女性が訪ねてきたことは数えるほどしかない。

なんといえばよいのだろう。ひとり暮らしの部屋を見られるというのは、プライベートな部分を全部見られるような気がしたからだ。

一応、女性との交際経験はあって、デートの帰りにイイ雰囲気になってエッチをしたこともあったが、互いの部屋に行くのではなくラブホを利用していた。そのために元カノからは他の女の存在を疑われたこともあったが、翼は頑なに彼女を部屋に呼ぼうとはしなかった。

自分でも女性との距離の取りかたが上手(うま)くないのは、十分すぎるほどに自覚はしている。だが親密になりすぎて些細(ささい)なことで揉(も)めるほうが、翼にとっては好ましくないことに思えた。

翼は玄関に並んでいた三足の靴のうち、二足をシューズボックスにしまった。

郵便受けから取り出したまま、シューズボックスの上に無造作に置いてあった郵便物も差出人を確認すると、必要がないものはシュレッダーにかけ、必要なものだけを重ねて置き直した。

しょせんは最低限の家電製品と家具しかないワンルームだ。玄関あたりを片付けただけで、なんとなくすっきりした感じになる。

春先から秋までは薄手のＴシャツとトランクスが部屋着みたいなものだが、さすがにそれではまずいと思い、トランクスの上に膝丈のコットンのズボンを穿いた。

たかだか出前が届くだけなのに、これじゃあ、まるで恋人を出迎えるみたいじゃないか……。

元カノを部屋にあげるのさえ拒んだはずなのに、いまは顔もわからない女性の訪問を待ち焦がれている。翼はなんとなくくすぐったいような感覚を覚えた。

それもこれも剛史が淫靡な妄想をかき立てることを熱く語ったからに違いない。落ち着かない気持ちが収まる気配はなかった。むしろ、時間が経てば経つほどに気持ちがざわついていくいっぽうだ。

注文をして三十分ほど経った頃だ。ピンポーンと玄関のチャイムが鳴った。同時に期待にさざめく翼の喉元が不自然に上下し、ごくりと音を立てた。

おっ、落ち着けって……。出前を受け取るだけなんだから……。

翼は両手で頬を挟むように軽く叩いて、動揺を抑えようとした。深呼吸を二度三度と繰り返す。チャイムはあるが、相手の姿が確認できるインターホンにはなっていない。

翼は鉄製のドアについた、小さなのぞき窓から外のようすを窺った。

「はいっ、どちらさまですか？」

「『Wober』です。ご注文の品を届けに参りました」

配達用の大きなバッグを手にした女性が、ドア越しに軽く会釈をした。アプリのタイトル画面で見たショッキングピンクのポロシャツを着ている。

「はーい、いま開けます」

翼は鍵を外すと、外開きの扉をガチャリと開いた。玄関なので、近所に買い物に行くときなどに履くサンダルを足元につっかけた格好だ。

「お待たせしました。『Wober』の樹里です」

注文品が入った大きなバッグを手にした樹里は、チェリーピンクのルージュで彩られた、ふっくらとした唇の両端を軽くあげる極上の笑みを浮かべた。

綺麗な弧を描くくっきりとした目元は、柔らかいピンク色のアイシャドウでかすかに彩られている。けっして派手ではないナチュラルなメイクが、彼女をいっそう女らしく見せていた。

肩よりも十センチほど長い髪はナチュラルなブラウンにカラーリングされ、軽い感じにカットされた毛先をわずかに遊ばせている。

年の頃は二十代後半だろうか。明らかに翼よりも年上に見えるが、額にかかるふわりとした前髪が可愛らしさを醸し出していた。

アプリで見たよりもポロシャツの色が鮮烈で、知らず知らずのうちに視線が魅惑的な丘陵を描く胸元に惹きつけられてしまう。

「あっ、すみません……」

不躾な視線を送ってしまったことに気付かれたかも知れない。翼の唇からとっさに飛び出したのは、曖昧さを含んだ言葉だった。

「ご注文をご確認させていただきますね。牛丼の並をツユダク、玉ネギ抜きでよろしいですか？」

「あっ、はいっ、それで大丈夫です」

注文票を読みあげる樹里の声に、翼の心臓の鼓動は高くなるいっぽうだ。女性っぽい甘さのある声が耳に心地よい。

アプリで注文したときに、料金はカードで決済している。頼んだ牛丼を受け取れば、それで樹里の仕事は完了したことになる。

樹里は保温性のある配達バッグを開け牛丼を取り出すと、恭しさを感じさせる仕草で翼に手渡した。

ぷるんとした唇と色合いを合わせたネイルを塗った指先が女らしさを演出していて、ずっと見つめていたくなってしまう。

本当は柔らかそうな唇が印象的な顔だちをじっくりと観察したくてたまらないのに、まともに顔を見ることができない。

視線を落としているので、自然とすらりとした形のよい指先が視界に入る。翼は左手の薬指に鈍く輝く、シンプルな銀色の指輪を見逃さなかった。

あっ、先輩が言っていたとおりだ。この女性も人妻なんだ……。

目の前にいるのが人妻だと思うと好奇心が込みあげてくるが、上手い会話のひとつも思い浮かばない。

翼は自分の気弱さと機転の利かなさに苛立ちを覚えたが、人間はそう簡単には変わるものではない。

剛史があまりにも期待を持たせるような言葉を繰り返したせいで、やましさに満ちた視線を投げかけてしまいそうになるが、樹里はあくまでも客が頼んだ飲食物を届けるだけの配達員なのだ。

それ以上でも、それ以下の存在でもないことはわかっている。翼が飲食物を受け取った時点で、束の間の関係は完結するのだ。

翼が名残り惜しさを覚えたときだった。

「ツユダクがお好きなんですね」

樹里は目元を緩めると、口角をわずかにあげて艶っぽい笑みを浮かべた。翼の両手は受け取った牛丼を入れた袋をしっかりと摑んでいる。

「ツユダクの上に、玉ネギも抜きなんですね。おネギが苦手なんですか？」

「あっ、はい、すみません。リクエストができるってことだったんで……」

「いいえ、いいんですよ。そのために可能な限りはリクエストに対応できるようになってるんですから。せっかく出前を頼むんですもの。好きなものを好きなように食べられたほうが、イイに決まってますものね」

樹里はお姉さんっぽい口調で囁くと、翼の首筋をほっそりとした指先でなぞりあげた。イイというところにアクセントを置いた意味深な物言いに、思わずぞくりとしてしまう。

「ぁあっ……」

わずかに伸びた爪の先で肉の薄い首筋を撫でられると、心ならずも悩ましい声が洩れてしまった。

「んふふっ、敏感なんですね」

樹里は声のトーンを落として囁くと、後ろ手で玄関のドアの鍵をガチャリと閉めた。

脳幹を刺激するような鈍い金属音が響き、ワンルームの室内が外部と遮断された密室になる。

「えっ……」

翼の声がかすかに裏返る。思いがけない展開に、両手で摑んだままの牛丼をどこかに置くという機転さえ利かない。

「そんな色っぽい声を聞くと、余計にいやらしい気持ちになっちゃうっ……」

樹里は棒立ちになっている翼の耳元に唇を寄せると、熱気を孕んだ吐息をふうーっと吹きかけた。

「あっ、なっ、なにを……？」

体躯を強張らせながら、翼は女の子みたいな声を洩らした。

「だって、ツユダクがご希望なんでしょう？　わたしは今日はこれでお仕事はあがりなの。だから、ねっ……」

触れるか触れないかの繊細なタッチで、首筋をそろりそろりとなぞりあげられると、背筋が小刻みにぴゅくりと蠢いてしまう。

生温かいものが耳の縁に触れる。しっとりと吸いつくようなものは樹里の唇だった。満員電車の中で痴漢に遭った女の子みたいに、翼はただただ身体を委縮させるばかりだ。

初心な少年みたいな翼の反応を楽しむみたいに、樹里が指先でさわさわと身体をなぞりあげる。

首筋や耳の辺りを悪戯していた指先は翼の反応をうかがうように、気弱な男の体躯を緩やかに這い回る。

普段は意識したことがないのに、二の腕や肩甲骨の辺りをそっと愛撫されると、ぞくぞくするような甘美感が尾てい骨の辺りから湧きあがってくる。

翼は牛丼を手にしたまま、声を詰まらせて喉元をのけ反らせた。両手が自由にならないというだけで、まるで囚われ人のような気持ちになってしまうのが不思議でたまらない。

樹里は年上の女の余裕を見せつけるみたいに、翼の身体の上で指先を妖しく踊らせた。

翼の上半身を包んでいるのはは薄手のTシャツだけだ。脇の下から乳首へと繋がるラインを布地越しにつつーっと指先でなぞられると、背筋がきゅんと反り返ってしまう。

翼は臀部の肉に力がこもるのを覚えた。

「あーん、ずいぶんと感じやすいのね」

樹里は前傾姿勢になると、まじまじと翼の顔を見あげた。視線を逸らそうとしても、熱っぽい視線が執念ぶかく絡みついてくる。ぽってりとした唇に相応しく、目元もぽっちりとしている。

モデルタイプの近寄りがたいきつめの美人というよりも、親しみを覚える癒し系の樹里の眼差しにはいつしか淫靡な輝きが灯っていた。

「ふふっ、感じてる顔を見てると興奮しちゃうわぁ」

樹里の指使いが露骨な感じに変化していく。あまり厚くはない若牡の胸元をまさぐっていた指先は小さな突起を見つけると、日頃は身体の奥深くに潜んでいて翼自身も自覚していない快感を掘り起こすみたいにリズミカルにクリックする。

「あらあら、Tシャツの上からでもはっきりとわかるくらいに、乳首が硬くなってきてるわ。男の人だっておっぱいが感じるのよね」

樹里はしたり顔で囁くと、普段は乳輪に埋もれているはずの男の乳首を緩やかに悪戯した。

軽快なタッチで愛撫されるにつれ、女のそれとは大きさが全く違う小さな乳首がますます硬さを増し突き出してくる。

年下の男の身体をまさぐるその顔つきは、自分の指先の動きひとつに翻弄される若牡の反応が楽しくてたまらないという感じだ。

胸元を弄んでいた指先が、少しずつ下腹部を目指すようにすべり落ちていく。その指使いは、風に舞い踊る鳥の羽根みたいにどこまでも優雅に思えた。

ふわりとしたタッチで、指先が翼の身体の中心部分にたどり着いた。

「あぁーん、もう硬くなっちゃってるのね」

コットン生地の膝丈のパンツの股間を緩やかにまさぐりながら、樹里は甘みを帯びた声で囁いた。

「そっ、そんなことありませんよっ……」

身体の芯が熱を帯びるみたいだ。思わず裏返りそうになる声を唾液を飲み込むことでなんとか抑えながら、翼は身体を揺さぶって樹里の弄いから逃れようとした。

「そんなことない？　うそよぉ、ここは悦んでいるみたいよ」

年下の男をからかうように、樹里は優美に笑ってみせた。牡の視線を挑発するみたいにふっくらとしたピンク色の唇を、粒立った舌先でちろりと舐めてみせる。

妖しく蠢く舌先の動きに唆されるように、コットン製のトランクスに包まれた肉柱が窮屈さを訴えるみたいにびゅくりと上下した。

「どっ、どうして、こんなこと……」

剛史のようにがつがつした肉食系ならば、後先のことなんか考えずに魅惑的な肢体にむしゃぶりつくだろう。しかし、翼は自他ともに認める草食系男子なのだ。

出前を届けにきただけの年上の人妻に身体をまさぐられたら、なにかおかしなことにでも巻き込まれたのではないかという危機感を覚えずにはいられない。

こうしている間にも、扉の向こう側では恐ろしい形相で怒鳴り込んでくる男がタイミングを見計らっているのかも知れないと、ついつい勘ぐってしまうのだ。

もしも目の前にいる妙齢の人妻が美人局の相方かも知れないと思うと、満足に言葉を発することもできなくなりそうだ。

それなのに思いとは裏腹に、樹里の指先が敏感な部分をゆるゆると撫で回すたびに、下腹部に熱い血潮がどくどくと流れ込んでいく。

「どっ、どうして……こんなことを……」

翼は喉を鳴らしながら、掠(かす)れかけた声を絞りだした。

「なにをって、ツユダクをリクエストをしたのはあなたでしょう？　それにツユダクだけじゃなくて、念入りにネギ抜きまで指定したじゃない？」

「そっ、それは……リクエスト欄があったから……」

「まさか、なにも知らないでリクエストをしたっていうの？」

「えっ、リクエストって……」

「もう、とぼけるのはやめてよ。リクエスト欄に特定の書き込みをした依頼人は、〝Hなお誘いOK〟って合図(サイン)を出してるって暗黙の了解があるじゃない。あとはそのことを知ってる配達員が、依頼人の写真を見てタイプだと思ったら、お届けの時にHなお誘いもしてるんだけど……知らない？　もちろん、これはアプリ側はいっさい関知していないことよ。誰がやりはじめたのかもわからないし、どの配達員もやってるってわけでもないの。たとえ男性がリクエストを出してたって、タイプだって思う配達員がいなければ、普通に出前を届けて終わりなんだけれど……」

「えっ、そっ、そんなことになってるんですか？」

「いやだわ、本当になにも知らないで、ツユダクだけじゃなくてご丁寧にネギ抜きまでリクエストをしてたのね……どうしようかな」

下腹部を指先でそっと撫で回しながら、樹里は疑念の入り混じった視線で翼の顔を見つめた。それでも男らしさを漲らせた肉柱から指先を離そうとはしない。

「信じられないのは、こっちのほうですよ」

つまり、ここの一部の配達員は、依頼人がサインを出していて、しかも好みだったらその場で誘惑しているというのか……。

「あぁーん、もうっ、せっかくその気になってるのにぃ……」

樹里は甘えた声を洩らした。アイシャドウよりも淡いピンク色のチークで彩られた頬を、ほんの少しふくらませる仕草が可愛らしい。

美人局かも知れないと訝しむ気持ちと、下腹部から込みあげる欲望のままに突っ走りたいという感情が鬩ぎ合う。人妻の証みたいな指輪を目にしていることで、背徳感を覚えずにはいられない。

「ええと、樹里さんってお幾つなんですか？」

「いやあね、こんなときに女に年齢を尋ねるなんて……」

樹里は明らかに気分を削がれたような声を出したが、

「それがなにか関係がある。いま二十九歳よ。年上の女は嫌かしら？」

とまぶたを二度三度と瞬かせながら、拗ねたような声で答えた。

「だっ、だって、樹里さんって人妻さんですよね。左手の薬指に指輪をしてるし。それなのに、どうして？」

「人妻がこんなことをしたらイケない……？　そうよね、結婚しているんですものね。うちの主人はわたしよりも五歳年上なんだけれど、あっちのほうは全然って感じなの。お付き合いをしていたときから淡白っぽいとは思っていたのよ。でも、逆にヤリ目だけって感じに思えないところがいいなって思えたの。でも、いざ結婚したら途端に釣った魚に餌はやらないって感じで、夜のほうはさっぱりなのよ。まだ、結婚して二年も経たないっていうのに」

「だからって、こんなこと……」

「そうよね、あまり褒められたことじゃないわよね。でも、わたしだって女なの。男の人の肌の温もりやアレが欲しいときだってあるのよ。特に生理の直前になると、したくてしたくて、ヘンになっちゃうの」

樹里は切なげな吐息を洩らした。その言葉には、嘘や作り話特有の匂いは微塵も感じられなかった。アレというぼかした言いかたが逆に生々しい。

男とはどこか違うほのかに甘みを感じる口臭が、翼の鼻腔に忍び込んでくる。

人妻の唇から洩れる息遣いは、牡をその気にさせるフェロモンの香りに満ちている気がした。

三十路を前にした熟れた身体の疼きを赤裸々に訴えかけられると、したくてしたくてたまらないという樹里の情念の炎が、翼にも燃え移るみたいだ。

こんなに魅力的な人妻を抱かないなんて、旦那さんもどうかしてる……。

そんなふうに思えてしまうのは、熟した身体をすり寄せてくる樹里は年下の翼から見ても、十分すぎるほどに異性を感じさせるからだ。最近流行りのゆるふわ系や癒し系と表現される容姿が、翼の牡の本能を煽り立てる。

「ねえ、したくてしたくてたまらないのに、エッチができないなんて可哀想だとは思わない？」

しなを作るように囁くと、樹里は翼の耳の縁に軽く歯を立てた。甘噛みをしたまま、耳の縁を舌先でちろちろと舐め回す。

両手で摑んだままの牛丼を思わず落としそうになって、翼はくうっという低い唸り声を洩らした。これでは目に見えない手錠をされているみたいだ。

普段は性感帯だと意識したこともない耳元を舌先で愛撫しながら、樹里はトランクスの中で行き場をなくして窮屈そうにしているペニスを指先で緩やかに刺激する。

「こんなに硬くなっちゃったら苦しいでしょう？」

翼は素直に頷（うなず）くこともできずに、息を乱し胸元を上下させた。Tシャツの上からでも、乳首が隆起しているのが見てとれる。

しかし、乳首よりも下腹部のほうが大変な事態に陥（おちい）っている。普段はトランクスの中で下向きに収まっている肉柱は、パンツで押さえつけられているので自由に角度を変えることができない。

これでは宙を目指して真（ま）っ直（す）ぐに伸びようとしている若竹を、無理やり地面のほうに向けているようなものだ。硬くなればなるほどに肉茎が痛みを覚えてしまう。

「んんっ……」

タイミングを逃したために、受け取った牛丼を玄関わきのシューズボックスの上に置くこともできない。両手を塞（ふさ）がれた翼は、喉元を反らし狂おしげに頭を左右に揺さぶった。

「そうよね、このままじゃツライわよね」

樹里はくすりと笑ってみせると、トランクスの中で窮屈そうに身を捩（よじ）っているペニスをぎゅっと握りしめた。二十五歳の牡茎の硬さを確かめるように、指先をぎゅっぎゅっとリズミカルに食い込ませる。

「すっ、すごいわ、指を押し返してくるっ。主人とは全然違うわ」

声をうわずらせながら、樹里はうっとりとした眼差しを投げかけてきた。戸惑いを隠せない翼と視線が交錯する。

「ダッ、ダメですって……。人妻さんと上手く付き合えるほど、僕は器用な男じゃないんですっ」

翼は切羽詰まった声を洩らした。

「いやぁね、そんなふうに重たく考えないでよ。わたしだって、いまの生活を壊したいなんて少しも思っていないのよ。主人のことを嫌いになったわけでもないわ。ただ、この瞬間だけは女になりたいなって。抱かれたくてたまらないの。ねっ、いいでしょう。それとも、わたしはあなたにとって少しも魅力的じゃないかしら。年上の女は嫌い？」

樹里は縋るような視線を投げかけてくる。年上だとわかっていても、人妻だとわかっていても、彼女は十分すぎるほどに魅力的だ。

口では理性的なことは幾らでも言える。しかし、樹里が指先を食い込ませるペニスが、一番正直に翼の胸中を表していた。

罪悪感を感じれば感じるほどに、海綿体に熱い血液が流れ込んでしまうのをどうしても止められない。

「ねっ、いいでしょう。今日のことはふたりだけの秘密ってことで。アプリに登録された写真を見て、優しそうでイイ感じだと思ったの。主人と同年代だったり、雰囲気が似ていたらイメージが被っちゃうでしょう。不倫をしているお友達やセフレがいるお友達もいるけれど、そういうのとはちょっと違うの。もっと軽い感じで純粋にエッチを楽しみたいのよ。このアプリだったら、写真で雰囲気がわかるから安心でしょう。もしも配達に行って、ちょっと違うなって思ったら、知らないフリをして帰ればいいんだもの」

　樹里は鼻にかかった声を洩らすと、トランクスの中で行き場のなさに喘いでいたペニスをむぎゅっと掴み、少々荒っぽい感じで向きを変えた。

　不自然な格好に押し込まれていた肉柱が解放感に包まれ、いっそう熱い血潮が流れ込んでいくのがわかる。

　強く握り締められたことで、尿道の中に溜まっていた先走りの液体が鈴口から溢れ出し、トランクスのフロント部分に卑猥なシミを形づくるのを感じた。

「本当に若いって素敵だわ。主人とは全然硬さが違うんだもの」

　樹里が声を弾ませる。

「はあっ、身体の奥がじんじんしちゃうわ。ねえ、あなたも触ってみて」

声をうわずらせると、樹里は翼がずっと持って牛丼を奪うように掴み、玄関のシューズボックスの上に載せた。

これで、ようやく翼の両手は自由になった。

「ねえ、触ってみて」

樹里の声が妖艶さを増す。彼女は翼の右手首を掴むと、ショッキングピンクのポロシャツの胸元へと引き寄せた。

手のひら全体に、むっちりと柔肉が詰まったふくらみを感じる。男の手のひらでも余るサイズの魅惑的なふくらみは、おそらくはDカップはあるだろう。

ブラジャーにしっかりと包み込まれているせいか、それはこんもりとした丘陵を描いている。着やせするタイプなのだろうか。想像していたよりもはるかに見事なふくらみだ。

「ああん、わたしだって本当はどきどきしてるのよ。ばくばくいってる心臓の音が聞こえちゃうかしら」

樹里は胸元を突き出しながら、肢体をくねらせた。見れば見るほどに、樹里の肢体から熟れた女の香りが立ち昇ってくるみたいだ。

「もっとよ、遠慮なんてしないで。おっぱいをちゃんと揉み揉みして。ああっ、おっぱい感じちゃうのっ」

樹里は唇を半開きにすると悩ましげな声を洩らした。翼に乳房への弄いをおねだりしながらも、トランクスに包まれた牡根に指先を伸ばし、その逞しさを確かめるようにきゅっきゅっと指先を食い込ませてくる。

よほど牡の象徴に飢えているのだろうか。

翼がいままで交際してきたのは同年代か、年下の女の子ばかりだ。それも片手で足りるほどの経験しかない。年上の女の欲深さを感じずにはいられない。

「いいわ、感じちゃう。おっぱいがじんじんずきずきしちゃうっ」

ぽってりとした唇から放たれる湿っぽさを孕んだ声に、翼の下半身がますます反応してしまう。

「はあっ、オチ×チンがどんどん硬くなっちゃうのね。わたしもヘンになっちゃうっ、ヘンになっちゃうのぉ」

淫らな声は、まるで翼に卑猥なリクエストをしてるみたいだ。ポロシャツ越しにまさぐっていても、ブラジャーの中身が徐々に変化していくのがわかる。

手のひらには収まりきらない乳房の頂きが、まるで可愛がってくれと訴えるみたいに硬さを変えてにゅんっと尖り立ってくる。

「あぁーんっ、こんなところで触りっこしてるなんて……」

樹里は熟れた肢体を揺さぶりながら、うっとりとした声を洩らした。彼女が言うとおり、ここは翼が暮らすワンルームマンションの玄関だ。鉄製のドアはあるが、その向こう側はいつ何どき誰が通るかわからない共有の廊下になっている。

スチール製のドアに後ろ手で鍵をかけたのは樹里だ。しかし、安普請のマンションのドアには防音効果など期待できはしない。

それは樹里もわかっているのだろう。大きな声を出せないことが、彼女をよりいっそう昂ぶらせているようだ。

「ああん、もっと揉み揉みして。はあ、感じちゃうっ……」

樹里はまぶたを伏せると長いまつ毛を震わせた。わずかに開いた唇がかすかに蠢く。

「ねえ、キス……キスしてぇ……」

まぶたをきゅっと閉じたまま、樹里は柔らかそうな唇をすぼめて突き出した。ふるふると震えるまぶたが、なんだかいじらしく思える。年上の女のおねだりは巧みで、知らぬ間に唇が吸い寄せられてしまいそうになる。

あと少しで唇同士が重なるというところで翼の動きが止まる。魅惑的な誘いであればあるほどに怖気づいてしまうのは、こんなにも上手い話があるはずがないという疑念を完全には吹っ切れていないからだ。

「もう、焦れったいんだからぁ」

欲情に衝き動かされている樹里はもどかしげに囁くと、柔らかい唇を口元目がけて突き出した。

ふにゅりっ。ソフトなタッチで唇が重なる。

「あっ、あーんっ……」

樹里はまぶたを閉ざしたまま、蕩けるような吐息をこぼした。唇の表面が触れただけの軽いキスでは物足りないのか、樹里は唇をそっと開くと、ぬるりとした舌先を伸ばしてきた。

樹里の舌先が、翼の唇をねちっこいタッチで舐め回す。まるで臆病な若者を懐柔しようとしているみたいだ。やがてしっとりと濡れた舌先が、きゅっと結んでいた翼の唇をこじ開けるように少しずつ潜り込んでくる。

軟体動物みたいな樹里の舌先が、前歯や歯茎をゆるゆると舐め回す。軽く嚙み合わせた前歯を上下にこじ開け、顎の内側に舌先が侵入してくる。

「んんっ……」

翼は喉元を反らし、惑乱の吐息を洩らした。上顎の内側の筋張った部分をつーっと舐め回されると、背筋がざわざわするような、いままで感じたことがない感覚が湧きあがってくる。

それはけっして不快なものではなく、無意識の内に尻の肉がヒクついてしまうような不思議な快感だった。

樹里は身長差を埋めるみたいに、ややつま先立ちになりながら翼の唇を貪る。その間も年下の男の下腹部を悪戯することを忘れてはいない。

彼女も昂ぶっているのだろう。首筋の辺りから甘みのあるフローラル系の香水の香りが立ち昇ってくる。

口内粘膜や舌先を濃厚に舐め回されながら、ペニスをしなやかな指使いで弄ばれているのだ。興奮は嫌でも倍増しどころか、三倍増しになってしまう。

手慣れた自分の手でしごきあげる快感とは全く質が異なる心地よさに、淫嚢がきゅうんと収縮し、身体の内部から広がる肉の悦びを甘受している。

トランクスの中でペニスは嬉しそうにぴくぴくと蠢いている。思えば、この三日ほどは自身の指先で欲望を解き放ってはいない。

まだ二十代半ばなのだ。三日もあれば、ミルクタンクの中は濃い牡精で満たされているはずだ。年上の女の指先でしごかれたら、欲望の液体を留めておくことなど不可能に決まっている。

「ダッ、ダメですって……」

翼はかすかに体躯を揺さぶって、樹里の指戯から逃れようとした。

「ダメなんて言われたっていまさら止まらないわ。ここまできて、止まりっこないでしょう？」

「そっ、そうじゃなくて、これ以上オチ×チンを悪戯されたら、でっ、射精（で）ちゃいますっ」

翼は込みあげてくる恥ずかしさを堪（こら）えながら、下腹部をくねらせた。樹里の手のひらの中で、ペニスがぎちぎちに硬くなっている。

自身の指先ならば調整が利くが、年上の女は牡の感じるポイントを的確に刺激してくる。このまま淫らな悪戯をされ続けたら、間違いなくトランクスの中で暴発してしまうに違いない。

「あーんっ、ダメよっ、勝手に発射（だ）しちゃうなんて許さないんだから。そんなことになったら、ここまで気持ちが高ぶってるのに置いてきぼりだなんて。ぜっ、絶対にそんなのはダメなんだから……」

翼を見つめる樹里の瞳がじゅわっと潤みを増していく。年上の女の内に潜む情念を目の当たりにした気がした。ねちっこい口づけに濡れた口元が、天井からの照明を受けてぬめるような光を放っている。

「そんなふうに言われたって、じゅっ、樹里さんがエロすぎるんですよぉ」

翼の口から洩れたのは、白旗をあげるような情けのない声だった。同年代や年下の恋人相手だったら、牡の沽券にかけてそんなことを口には出せない。

それなのに、年上の人妻の前では牡の自尊心が脆くも崩れてしまう。蠱惑的な肢体と完熟したテクニックを前にすると、相手をリードするどころか、甘えてもいいような気持ちにさえなってしまうのだ。

「あーん、可愛いことを言うのね。そんなふうに言われたら、もっともっと感じさせたくなっちゃうわっ」

樹里は熱っぽい視線を投げかけながら、唇の端をきゅっとあげて嬉しそうに笑ってみせた。

「手だけで発射しちゃったら、つまらないわよね」

若い男の好奇心を煽るような挑発的な言葉を口にすると、樹里はもう一度ねっとりとしたタッチで唇を重ねてきた。

にゅぷ、ぬちゅっ。

洒落た置物ひとつない殺風景な玄関に、互いの舌先を絡め合う湿っぽい音と乱れた息遣いだけが響いている。

水っぽい音を奏でるキスをしながらも、樹里の右手はコットン製のパンツに包まれた下腹部から離れようとはしなかった。

「ああんっ、はあっ……」

息継ぎを忘れたような口づけに、喉の奥に詰まった喘ぎを洩らしたのは樹里が先だった。名残り惜しげに唇を離すと、透明な唾液が細く糸を引いた。

「情熱的なキスのお返しをしてあげなくちゃ」

樹里はわずかに唇を開くと、桃色珊瑚のような色合いの舌先をくっと伸ばして、牡の視線を楽しむように上下に揺さぶってみせた。

ルージュが滲んだ口元を見ているだけで、猥褻な妄想が次々と湧きあがってくる。しなやかに動く指先でしごかれただけで、奥歯に力がこもるような甘美感が全身を切なくさせる。

見るからにふっくらとした唇や舌先でペニスを愛撫されたらと想像しただけで、淫嚢がきゅうんと甘く痺れるみたいだ。

「あんまり焦らしたらイケないわよね」

背徳的な行為をしようとしているのに、樹里はあえてイケないという台詞を口にする。彼女にとっては、夫を裏切ろうとしている罪悪感も熟れた身体を熱くする興奮剤のひとつなのかも知れない。

樹里は玄関にしゃがみ込むと、翼が穿いていたコットン製のパンツを結び留めている紐をするりと解き、それをトランクスと一緒にまとめて引きおろそうとした。

しかし、下腹に張りつくような鋭角で勃起したペニスが、まるで釣り針の返しのように引きおろしを邪魔しようとする。

「もうっ、嬉しくなるくらいに硬くなっちゃってるのね。トランクスをおろすのも大変だなんて」

劣情に逸る思いが、樹里の表情にも色濃く現れている気がした。翼も腰を左右にひねって、下半身を隠す邪魔な衣服の脱ぎおろしを手伝う。

ずるりとパンツとトランクスが引きおろされた途端、この瞬間を待ちわびていたとばかりに逞しさを漲らせた牡茎が勢いよく飛び出してくる。

「ああーんっ、本当に元気なのね」

決して広いとは言えない玄関の中だ。目の前にしゃがみ込んだ樹里と隆々と反り返ったペニスの距離は、ほんの十数センチしかない。樹里の唇から洩れる熱気を孕んだ吐息がペニスに吹きかかる。

「んふふっ、ここもツユダクなのね」

樹里は湿っぽい声で囁くと、尿道口から噴きこぼれた先走りの液体で濡れ光る亀頭を人差し指の先でゆるりと撫で回した。

「あっ、気持ちいいっ……」

思わず彼女のほうに向かって突き出すように、腰がぶんと跳ねるように動いてしまう。

「ついさっきまではダメとか言っていたけど、オチ×チンは嫌がってるようには見えないわ」

素直な反応を見せる年下の男の下半身に、樹里は楽しそうに相好を崩した。はじめて会った女性の前で、下半身を晒している。そう思うと、ペニスはますます男らしさを漲らせるみたいだ。

ましてや、相手は左手の薬指に銀色の指輪が光る人妻なのだ。

樹里は両手の指先を亀頭へと伸ばすと、

「こんにちは。お元気ですか？　うん、僕はとっても元気です」

と尿道口を腹話術の人形にでも見立てるように、楽しそうに会話をしている。牡の心をぐらぐらと揺さぶる芳醇(ほうじゅん)な色香の中に、少女のような茶目っ気を感じさせる。人妻の中に同居する、そのアンバランスさが危うく思え、翼の心身をいっそう熱く燃えあがらせる。

最初は抵抗感がなかったといえば嘘になる。しかしリードされるままとはいえ、ここまで突き進んでしまったら、行くところまで行かなければ収まりがつかない。言葉には出さなくても、翼もそれを如実に感じていた。

いくら理性では制御しようと思っても、二十五歳の身体は目の前にぶら下げられた魅力的な餌に食いついてしまう。それはどうしようもないことだった。

「ふふふっ、美味しそうだわ。とっても」

わざと主語を省いた樹里の言葉の曖昧さが、牡の心を、牡の身体を煽り立てる。ペニスに熱視線を感じると、尿道口の奥からとろみのある粘液が止めどなく溢れ出してくる。

経験は少ないがフェラチオの快感は知っている。それは、手慣れた己(おのれ)の指先で得られる快感とは、比べ物にならないものだということも知っていた。

「あっ、ああっ……」

淫らなリクエストをするように、翼はくぐもった声を洩らすともどかしげに下半身を揺さぶった。樹里の視線がペニスに絡みついてくる。

「本当にツユダクで美味しそうだわ」

普段はなにげなく使っている単語なのに、妙齢の美女の唇から洩れると、それは尻の割れ目の辺りに響くような淫靡な響きを帯びていた。

樹里の右手が先走りの液体に濡れまみれたペニスをぎゅっと握り締める。翼の視線は彼女の一挙一動に釘づけになっていた。

「ねえ、舐め舐めされたい？」

思わず玉袋の表面がうにうにと波打ってしまいそうな淫猥な言葉を、樹里が口にする。それがなにを意味しているのかくらいは翼にだってわかる。

胸の昂ぶりに喉がひりつくみたいで上手く言葉を発することができず、翼は無我夢中で首をぶんぶんと縦に振ってみせた。

「もう、本当はエッチなことが大好きなんでしょう。だったら、最初から素直になればいいのにぃ」

樹里は年下の男が篭絡されていくさまを楽しんでいるみたいだ。いきなり大きく口を開いて、ぱっくりと咥え込むような真似はしない。

イチゴのように表面が粒だった舌先を見せびらかすと、樹里は牡汁を滲ませる鈴口をちゅるりと舐めあげた。

わざとちゅっ、ちゅるりという淫靡な音を響かせて、粘度の濃い液体をすすりあげる。

「あっ、ああっ……くうっ……」

翼の唇からうわずった声が洩れる。赤っぽいピンク色の亀頭よりも、尿道口の中はさらに生々しい肉の色だ。

ちゅっ、ちゅるっ、にゅちゅっ。

樹里は水っぽい音を立てながら、尿道口を尖らせた舌先でねちっこく刺激する。尿道口の中に溜まったカウパー氏腺液をすすりあげているのに、潤みの強い粘液が尽きる気配はない。それどころか、じゅくじゅくと溢れ出してくる。

「いやらしい、本当にいやらしいわ」

まるで独り言のように呟くと、樹里は大きく口を開いて亀頭をゆっくりと口の中に含んだ。

足元に年上の人妻がしゃがみ込んで、肉柱に口唇奉仕をしている。扇情的な光景に、翼は背筋に電気が走るような感覚を覚えた。

まるでペニスを樹里の体内に取り込まれているみたいな錯覚を覚えてしまう。粘膜色の男根と口内粘膜がぴったりと密着している。

敏感な粘膜同士を重ね合わせながら、樹里は舌先をゆるゆると動かして、牡が感じるポイントを的確に刺激してくる。

柔らかくしっとりとした舌先は亀頭を舐め回したかと思うと、肉の束がきゅっと盛りあがった裏筋の辺りをつつーっとなぞりあげる。

そうかと思うと、肉柱全体に蛇のように絡みついてくる。予想がつかない変幻自在な動きに、翼は翻弄され呼吸を乱すばかりだ。

「ああっ、気持ちいいっ……オチ×チンが蕩けそうだ」

翼は背筋をのけ反らせて、宙を仰(あお)ぎ見た。ふわりとした曲線を描く樹里の髪の毛に、遠慮がちに手を伸ばす。少しでも意識を紛(まぎ)らわせていないと、いますぐにも暴発してしまいそうだ。

「わたしだって、おしゃぶりしながら感じてるのよ」

樹里はペニスから口を離して立ち上がると、粘つくような視線で囁きかけてくる。

左手でショッキングピンクのポロシャツの裾を摑むと、肉感的な肢体を左右にくねらせて、それを胸元までずるりとめくりあげた。

「あっ……」

翼の口から驚きの声が迸る。鮮やかなピンク色のポロシャツの下から現れたのは、アイボリーホワイトのブラジャーだった。

Dカップの乳房を支えるブラジャーのカップの縁には、同系色の刺繍やレースがたっぷりとあしらわれている。人妻らしい上品なデザインのブラジャーの左右のカップのあわいには、深々とした谷間が刻まれていた。

「うわっ、おっきいっ……」

牡というのは皮膚の感覚だけでなく、視覚でも興奮する生き物だ。これ見よがしに爛熟した乳房を見せびらかされたらたまらない。

そうかといって、いきなり双子のプリンスメロンが並んだような胸元へ手を伸ばすような度胸はなかった。

「ここが気になる？　触ってみたい？」

女慣れしていない初心っぽさを滲ませる翼の反応に、樹里はチークで彩られた頬を緩めた。時おり、唾でヌラヌラになったペニスを手で擦りながら、人妻っぽい淡いピンク色のネイルで彩られた指先を、ブラジャーのカップへと伸ばす。

乳房を両手で支え持つようにして谷間を強調しながら、その弾力と大きさをひけらかすようにゆっくりと揉みしだいてみせる。

見ているだけで翼の息遣いが激しくなっていく。これでは、オヤツを前にしてお預けを喰らっている愛玩犬(ペット)みたいだ。

熟れ乳をまさぐっていた樹里の指先が、ブラジャーのカップの縁へと伸びる。乳房を包むカップの曲線をゆっくりとなぞっていた指先がカップの中にわずかに潜り込む。

次の瞬間、指先にぐっと力がこもりカップをやや強引な感じで押しさげると、形のよい乳房がぷるるんという音を立てるようにこぼれ落ちた。

「あっ、ああっ……」

息遣いに合わせるみたいに、柔らかく上下に揺れる乳房に知らず知らずの内に、上半身が前のめりになってしまいそうになる。

「おっぱいが大好きって顔ね。いいのよ、好きなように揉んでみて」

樹里は優しくペニスに手を這わせつつ、牡の理性を直撃する台詞を口にした。ふっくらとした彼女の口元は、唾液と先走りの液体が混ざったぬるついた粘液でてらてらと輝いている。まるでグロスを塗っているみたいだ。

ここまでされたら、理性なんて道路っ端(ぱた)の紙屑のように淫らな感情に吹き飛ばされてしまう。幾ら草食系を自認している翼だって、健全な肉体を持つ二十代半ばの男子なのだ。

「うあぅっ……」

獣じみた低い声をあげて、翼は目の前で蠱惑的に揺れる乳房を鷲摑みにした。五指を大きく広げ、宝玉を摑む龍のように指先をぎゅんと食い込ませる。

たわわに実った乳房は男の体躯に存在するどんなパーツとも違う、柔らかさと弾力で指先を押し返してくる。

「ああーん、いいわ、この感じぃ。若い男の子って感じがたまらないわぁ」

樹里は喉元をのけ反らせると、悩ましい声を洩らし、辛抱ができないという感じで再度しゃがみ込んで男根にむしゃぶりついた。

先ほどまでのどちらかといえばもったいをつけたようなソフトタッチの口唇奉仕とは比べ物にならないほど情熱的に、若牡の象徴（シンボル）を激しく吸いしゃぶる。

ぢゅっ、ぢゅぷっ、ぢゅるちゅっ……。

まるで尿道口の中に溜まっている濃厚な液体を、一滴（てき）残らずすすりあげようとしているみたいだ。

「ああっ、そんなに激しくしゃぶられたら……きっ、気持ちがよすぎて……」

翼は苦悶にも似た声を迸らせた。年上の女の口唇奉仕は、まともに立っていられないほどに心地よい。しかし、このままでは温かくぬめ返る口の中に、熱く煮え滾（たぎ）ったミルクを放出してしまいそうだ。

　翼は懸命に腰を引いて、樹里のフェラチオから逃れようとした。しかし、樹里は捕らえた獲物を離そうとはしない。それはまるでようやっと獲物にありついた牝（めす）ライオンの姿を連想させる。

　少しでもペニスから意識を逸らさなければ、即座に暴発してしまいそうだ。翼はぐうっと喉を鳴らすと、腰をさらに引いて乳房へ手を伸ばし、その頂きで存在感を主張するようにきゅっと突き出した果実に、親指と人差し指を食い込ませた。

「ああん、いいっ、乳首って弱いの……弄られるとヘンになっちゃうっ」

　年下の男の反撃に、たまらず樹里が悩乱の喘ぎを洩らす。乳首の大きさは直径一センチほどだろうか。直径三センチほどの乳暈（にゅううん）も上品な感じで、色白の肌に似つかわしく色素がやや濃いめの桜の色合いだ。

　年上の人妻の「弱いの」という言葉が、普段は気弱な翼の背中を押す。翼は親指と人差し指の腹を使って、やや遠慮がちに乳首をぐりんぐりんとこねくり回す。

　それはいままで年上の女の余裕を漂（ただよ）わせて、自分の身体を弄んだ人妻に対する意趣返しみたいなものだ。

樹里は息遣いを乱しながらも、ペニスに喰らいついてくる。玄関にしゃがみ込んだ彼女の下半身が、かすかに左右にくねっているのを翼は見逃さなかった。それは牡の視線を煽り立てるような、∞を描くようななまめかしい蠢きだ。

「はあっ、おっぱいをそんなふうにされたら、あぁーん、ほっ、欲しく、欲しくなっちゃうっ」

樹里は牡柱を咥えていることさえできないというように、はしたない言葉を口走った。ショッキングピンクのポロシャツからまろび出た双乳を、突き出すように左右に揺さぶってみせる。

その姿は癇癪(かんしゃく)を起こした幼子みたいに思える。さっきまで余裕を漂わせて、年下の男の心身を弄んでいた人妻の姿とはまるで別人みたいだ。

「ほっ、欲しいって、なにが欲しいんですか？」

「あーんっ、意地悪なのね。欲しいって言ったら……オッ、オチ×チンに決まってるじゃない。ああん、焦らさないでぇ……」

人妻とは思えないふしだらな言葉を口にしながら、樹里は黒いパンツが貼りつく下半身を揺さぶった。

膝上丈のサイクリング用の黒いパンツが、むっちりとした曲線を描く下半身を包んでいる。他に身につけているのは黒いソックスとスニーカーだけだ。

性的な興奮のためか、決して厚いとはいえない下半身を覆っている布地から、発情した牝が放つフェロモンの香りが漂ってくる気がする。

それは甘ったるさを含んだ、かすかな酸味を含んだ香りだった。樹里の下半身から漂う、牡を引き寄せる香りがどんどん強くなってくる。

翼は樹里の左の手首を摑むと、やや強引な感じで立ちあがらせた。

「オチ×チンが欲しいんですよね。だったら色っぽい感じで、自分からパンツを脱いでくれませんか」

翼は樹里に見せびらかすように、剝き出しの男根を揺さぶりながら選択を迫った。

「はあっ、自分からパンツを脱げなんて、見た目によらず、ずいぶんといやらしいことを言うのね。はぁん、余計に興奮しちゃうじゃないっ」

樹里の瞳が潤みを増す。まるで卑猥なことを命令されることに、いっそう欲情しているみたいだ。

翼と向かい合うように立ちあがった彼女は、下半身を包む黒いサイクリング用のパンツの上縁に指先をかけた。乳房のふくらみが大きすぎるので、めくりあげたポロシャツは簡単には落ちてはこないようだ。

ブラジャーのカップからまろび落ちた乳房を揺らしながら、樹里はむっちりとした下半身を包むサイクリング用のパンツを足首まで引きおろすと、優雅な仕草で引き抜いた。

下腹部を包んでいるのは、ブラジャーとお揃いのアイボリーホワイトのショーツだった。ショーツのフロント部分はレース生地で、女丘にこんもりと繁る草むらがうっすらと透けて見える。

樹里はショーツにも手をかけ、ふっくらと張りだしたヒップを揺さぶりながら、ショーツを脱ぎおろし、スニーカーを履いた足首から引き抜いた。

日々の配達で適度に鍛えられているのか、全体的に無駄な肉は見当たらない。むしろ年齢に相応しい、程よく脂が乗った身体がエロティックだ。

ファッション雑誌のモデルみたいに、余計な肉がまったく感じられない体形はあくまでも観賞用で、性的な欲求の対象になるかというと下半身は反応しない。生身の女性を感じられる柔らかみのある体形のほうが牡の心身にぐっとくる。

「ねえ、言われたとおりにショーツまで脱いだのよ。ここまできて、お預けはないでしょう」

樹里は情念のこもった眼差しで翼を見つめると、翼の首に両手をゆるりと巻きつけてきた。自然にふたりの距離が近づく。首筋から漂う甘みのある香水の香りが、鼻腔にそっと忍び込んでくる。

「ねえ、いいでしょう？」

樹里が再び唇を重ねてくる。半開きの唇同士を斜（はす）に構えたキスは、最初から濃厚さに満ちていた。

にゅっ、ちゅぷっ、ぢゅるるっ。

舌先をねっとりと絡め合い唾液をすすり合う音に、剝き出しになったままの翼のペニスが上下に弾む。

「ねえ、きて……」

樹里の唇からしどけない声が洩れる。

「きてって言われたって……」

「しらばっくれないで、こんなに感じちゃってるのよ。我慢なんてできっこないじゃない」

樹里は肢体をくねらせた。なめらかな丘陵を描く下腹部に繁る恥毛は、触らなくてもうっすらと水分を帯びているのがわかる。太腿の付け根の辺りから漂う、甘酸っぱい牝蜜（めみつ）の匂いが翼を魅了する。

鼻粘膜を虜にするようなフェロモンの香りに、翼は小さく鼻を鳴らした。吸い込めば吸い込むほどに、下半身に力が漲り、性の衝動に身を任せたくなる。

「樹里さんって、本当にいやらしいんですね」

言うなり、翼は樹里の身体を狭い玄関の壁際へと追いやった。逆三角形に整えられた草むらの奥へと、右手の指先をそっと潜り込ませる。

そこはうるうるとした女蜜で溢れ返っていた。指先に神経を集中させて女淫の形を探ると、樹里はブラジャーからこぼれ落ちた双乳を揺さぶりながら、

「あっ、んんっ……」

と悩ましげな声を洩らした。太腿の付け根の奥はひらひらとした花びらが重なり合い、その合わせ目から蜜が滴り落ちているのがわかる。重なった花びらの合わせ目の頂点で息づく女蕾に指先が触れると、樹里は肢体をよじり甲高い声をあげた。

「アソコが大変なことになってますよ」

さっきまでとは打って変わり、翼は嗜虐的に人妻を煽りたてる。

「だっ、だって。感じちゃうのよ。言ったでしょう。生理の前には、したくてしたくておかしくなっちゃうって……」

早く硬いものを突き入れてと訴えるように、樹里は翼の背中をかき抱いた。不思議

なもので多少なりとも男女の身長差があるはずなのに、あからさまになった生殖器官は無理をしなくても触れ合う高さにあった。

まるで早くとせがむように樹里は両足を開くと、露（あら）わになった乳房を揺さぶって翼を挑発する。

翼はそれほど豊富なほうではない。はっきりと言ってしまえば、ベッドの上での正常位しか経験がないし、それが当たり前だと思い込んでいた。

互いにサンダルや靴を脱げば、狭いワンルームなのでベッドまで行けないこともない。しかし、玄関ではじめて会った男のペニスを嬉々として舐めしゃぶるような樹里は、ごく当たり前のベッドでの情事などは求めてはいないような気がした。彼女が求めているのは、もっと刺激的なシチュエーションでのセックスに違いない。

翼は夥（おびただ）しい蜜を滲ませる彼女の太腿の付け根へと肉柱を押し当てた。濃厚な潤みにすべるように、ペニスが女の花園へと導かれた。

「ああん、いいっ、すっごく硬いわ。オチ×チンでずりずりされるだけで、頭がヘンになっちゃいそう。はあっ、焦らさないで。はっ、早くぅっ……オッ、オマ×コに硬いのを突っ込んでぇっ……」

ゆるふわ系の人妻とは思えないような破廉恥な言葉を口走りながら、樹里は肢体をくねらせた。まるで自ら腰を使って、牡槍の先端にあてがおうとしているみたいだ。威きり勃(た)った怒張に、とろとろの蜜をまぶした花びらが執念ぶかげにまとわりついてくる。

年上の女にここまで貪欲に求められて、翼の滾りはピークに達した。

玄関の壁に背中を預けた格好の樹里の深淵目がけて、隆々と踏ん反り返った肉柱を押し挿(い)れる。

ぢゅっ、ぢゅるぷっ……。

潤(うるお)いきった蜜壺が、恋い焦がれていた牡柱を嬉しそうに咥え込んでいく。

「ああんっ、いいっ、はっ、挿入(はい)ってくる。オチ×チンが挿入ってきちゃうっ。いいっ、いいわ、たまんないっ」

樹里は肩よりも長い髪を振り乱しながら、歓喜の声を迸らせた。まぶたをぎゅっと閉じ、女壺の中に侵入したペニスの硬さを味わっている。

「いいっ、すごいっ、いいっ、オマ×コの中が抉(えぐ)られちゃうみたい。ああっ、もっと動いて、オマ×コの中をずこずこしてぇっ」

樹里は逃がさないとばかりに、翼の腰の辺りに手を回し、二人は深く繋がりあった。いままで味わったことのない体位は翼にとって新鮮だ。

そのまま人妻の肉壺を擦りあげるようにダイナミックに突くと、女のぬかるみがこれでもかとばかりにペニスをぎゅりぎゅりと締めつけてくる。

気を緩めたら、即座に暴発してしまいそうになる。翼は歯を食いしばって、背筋を這いあがってくる快感と闘った。

「あっ、すごい、めちゃくちゃ締まりますっ……」

「あーんっ、だって、だって感じちゃうんだもの。硬いのでずこずこされて、あーんっ、おっ、奥まで……奥まで突き刺さってるぅっ……」

樹里は顎先を突き出して、快美感に酔い痴れている。淫語を繰り返す樹里の頭の中では、ここが仕事で配達に訪れた顧客の家の玄関だということすら吹き飛んでいるのかも知れない。

「じゅ、樹里さん。あんまり大きな声を出したら、周りに聞こえちゃいますよ」

身体を包む快感に完全に我を忘れている樹里の耳元で、翼が囁くと、樹里はさらに悦びに喘いだ。

「ああんっ、聞かれちゃってるの。そんなふうに言われたら、よっ、余計に感じちゃうわぁっ……」

玄関で牡杭に貫（つらぬ）かれていることが、樹里をますます炎上させているみたいだ。

「本当にドスケベなんですね。だったら、こんなふうにしたらもっともっと感じるんじゃないですか？」

翼はひときわ深々と突き入れると、ずるりと屹立を引き抜いた。その刹那、樹里の唇からアーンという未練がましい声が洩れる。

翼は樹里の肢体を支え持つとジルバでも踊るかのように、彼女の身体をターンさせ、金属製のドアに手をつく格好にした。

「あんっ、なっ、なにを……」

樹里が振り返ろうとした瞬間を狙って、翼は背後から尻の割れ目の奥で息づく秘苑目がけて肉槍を突き入れた。蕩けきった牝肉はあっさりとペニスを受け入れ、細やかな肉襞をさざめかせる。

「ああっ、また……はっ、挿入ってくるっ、今度は後ろからなんて……」

「ほら、のぞき窓があるでしょう。そこから外をのぞいてみたらどうですか？」

「はあんっ、そんな……。そんなの、そんなの恥ずかしいっ……」

羞恥を口にしながらも、樹里はドアに設置された小さなのぞき窓に顔を近づけた。金属製のドアを隔てた向こう側は、いつ誰が通るかもわからない廊下なのだ。

「ああん、見えちゃう。見られちゃうっ……」

樹里はくぐもった声で訴えた。もちろん、見えるはずはない。しかし、扉一枚しか外界と遮るものがない場所で、年下の男から背後から貫かれているということを実感させるには十分だ。

「はあっ、こんなの……こんなのエッチすぎるっ」

「よく言いますよ。エッチなのが大好きなんでしょう」

翼は彼女の首筋に唇を寄せると、意地の悪い台詞を口にした。樹里の悩ましい声は先ほどまでよりも明らかに小さくなっていた。

聞かれるかもしれないという状況が、彼女に揺さぶりをかけているようだ。しかし、押し殺した声とは裏腹に男根を深々と突き入れられた蜜壷は不規則なリズムで収縮を繰り返す。

「あんまりぎゅんぎゅん締めつけたら、射精ちゃいますよ」

「ダメよ、まだよ……。もっともっと感じさせて……。ああん、後ろからずこずこしながら、おっぱいも揉み揉みしてぇ」

樹里は折れそうなくらいに首を後ろに曲げながら、淫らなおねだりをした。年上の人妻の欲深さには舌を巻くしかない。

翼は樹里の口元に唇を重ねると、金属製のドアに密着していたDカップの乳房を鷲摑みにし、やや荒っぽいタッチで揉みしだいた。

きゅっとしこり立った乳首を指先でつねるように刺激すると、樹里の息遣いが激しさを増していく。

翼のペニスを取り込んだ、熟れきった秘壺の内部はまるでそこだけが別の生き物みたいにうねうねと蠢き、奥へ奥へと引きずり込もうとしている。

「うっ、あんまり締めつけたら……がっ、我慢できなくなるっ」

「ダメよ、もっとよ、思いっきり、思いっきり奥まで、奥まで突いてっ。わたしの中をめちゃめちゃにかき回してぇっ」

翼は両足を踏ん張ると、樹里の肢体が浮かびあがりそうな勢いで突きあげた。細かくリズムを刻むのではなく、一撃一撃が重たいストロークを見舞う。

「はあっ、いいっ、すごいのっ……。おっ、奥に突き刺さる。突き刺さってるの。ああんっ、いいっ、イクッ、イッ、イッちゃうっ！」

「はあっ、僕も、僕も限界だ……。射精(で)そうだっ」

「いいわ、膣内(なか)に、膣内に思いっきり発射(だ)してぇっ」

喜悦の声が迸った刹那、子宮口に密着するくらいに深々と埋め込んだ牡槍の先端から熱い樹液がどくっ、どくんっ、どびゅっと不規則なリズムで噴きあがった。

「ああんっ、あっ、熱いのが……熱いのが、いっぱい、いっぱい……射精てるぅっ」

膣内に広がる大量の精液の熱さにたじろいだように、樹里は身体を震わせながら最後の一滴までを受け止めると、崩れるように膝をついた。

ほどなくして身支度を整えると、樹里はなにごともなかったかのように、晴れやかな笑顔と翼の頬への軽いキスを残して帰っていった。

剛史は何十回となく出前を頼んでも、一度もイイ思いをしたことはないと言っていた。

これって、たまたま運がよかっただけなのかな……。

なんだか狐にでも化かされたような心持ちになる。ふと見ると、玄関のシューズボックスの上には樹里が届けたツユダクの牛丼が置かれていた。

蓋を開けると、ツユダクで頼んだ牛丼のご飯はすっかりツユを吸って柔らかくなっていた。それは、先ほどまでの出来事が夢や幻ではないことの証だった。

第二章　欲情する巨乳人妻

樹里との情事から三日が経った。忙しなさを感じる行為だったが、彼女の乳房の柔らかさやきゅんと盛りあがった熟れ尻の感触は、いまでも手のひらに残っているみたいだ。

会社の昼休み、天気がいいこともあって剛史に誘われて翼は弁当を買いに出た。オフィス街ということもあって、ランチ時にはごく普通の喫茶店やレストランだけでなく、居酒屋などもランチメニューを出している。

最近では弁当屋やコンビニなどだけでなく、昼時のサラリーマンやＯＬをターゲットにして、ワゴン車を改造し温かい弁当を販売するキッチンカーも出没するようになった。

ひと口にキッチンカーといっても種類はさまざまで家庭的な味を売りにした弁当だけでなく、スパイスが効いたエスニックな料理なども販売されている。利用客はそのときの気分に合わせて、好みのキッチンカーで弁当を買えるという仕組みだ。

「今日はローストビーフ弁当にしないか。いい店を見つけたんだ」

剛史が勧めたのは数台が並ぶ中でも、特に行列が目立つキッチンカーだった。

「すみませーん、お待たせしてしまって。なににしましょうか？」

ローストビーフ弁当がメインらしいが、他のメニューもあるようだ。広くはないキッチンカーなので三十代前半くらいの女店主がひとりで切り盛りをしている。作業の邪魔にならないように後頭部で束ねた髪形が、いかにも潑剌とした雰囲気を醸し出している。

「じゃあ、ローストビーフ弁当で」

せっかくなので、剛史が勧めるローストビーフ弁当を買うと、ふたりはオフィス街の中のオアシス的な存在の公園のベンチに移動して弁当を広げた。まだ本格的な夏の暑さを迎えていないために、同様にベンチでランチを食べているＯＬたちの姿も少なくない。

「さっきのキッチンカーの娘、いい感じだったと思わないか？」

やや厚めにカットされたローストビーフを箸で摘みながら、剛史は相好を崩した。

「もしかしてですけど、わざわざ弁当を買いに行ったのはキッチンカーの店主が目当てってことですか。どう考えたって流れ作業的に弁当の販売をしているだけだから、お近づきになるチャンスなんてないと思いますよ。それにどう見たって先輩よりも年上だと思いますよ」

「それだよ、お前って本当にロマンがないな。俺は我が儘ばかり言う同年代の女よりも甘えさせてくれそうな年上の女性が好みなんだ。ワンチャンはどこに転がっているかわからないからこそ、ワンチャンなんだぞ」

きわめて冷静な翼の分析を跳ねのけるように、剛史はワンチャンという単語を繰り返す。ワンチャンというはもしかしたらイケる、ひょっとしたら可能性があるかも知れないという意味合いで使われる、希望的観測に基づいた言葉だ。

「そーいえば、お前と飲んだときに『Wober』って出前アプリの話をしたよな。一回くらいは頼んでみたのか？」

剛史のなにげない問いかけに、翼は箸で摑んでいたご飯を落としそうになった。背後から突きあげられながらよがる樹里の姿が、脳裏に鮮やかに蘇ってくる。

年下の翼を誘惑しながら、樹里はふたりだけの秘密という言葉を口にした。強く口止めをされなかったとしても、決して得意げに口外するようなことではないとわかっていた。

「あっ、例のアプリですよね。先輩があんまり勧めるんで頼んでみましたよ」

表情や口調の微妙な変化から読み取られないように、翼は平静さを装った。次の言葉を考える時間を稼ぐように、ローストビーフを口に放り込む。

言うなよ。余分なことは言わずに、上手くこの場を切り抜けるんだ……。

歯を立てるとじゅわっと肉汁が溢れ出すローストビーフは、悩ましげに絡め合った樹里の舌先を連想させる。誤魔化そうと思えば思うほどに、胸の中に封印している三十路の女の熟れた肌の感触が生々しく全身を駆け巡る。

翼はローストビーフを味わうように、もごもごを歯を立てて時間を稼いだ。日頃から能天気というかやや鈍感なところがある剛史は、翼が動揺していることに気付く気配は全くない。

「よかっただろう。女っ気のないひとり暮らしの部屋に出前を届けるだけとはいえ、女性が訪ねてくるんだ。それだけで飯が何倍にも旨くなるってもんだ。それでどうだった。色っぽい人妻が届けに来たか？」

「そっ、そうですね。先輩が言っていたから左手の薬指に指輪をしているかチェックしたら、指輪をしていましたね」

「へえ、どんなタイプだった？」

「どんなって言われても。そんなにじろじろと見たら、ヘンなやつだと思われそうじゃないですか」

「なにを言ってるんだよ。ちゃんと観察しなくちゃ、会話の糸口が見つからないだろう。ワンチャンのきっかけはそういうところなんだよ」

剛史は先輩ぶって力説する。思えば、剛史はガールズバーどころか、居酒屋などでも若い女性の従業員相手に些細なことから会話を繋げようとするところがある。そんなときは翼は苦笑いをするしかない。

樹里はアプリに登録された写真で、あらかじめ好みのタイプかどうかを判断すると言っていた。それに実際に会ってみてタイプとは違うと思ったら、そのまま出前だけを届けてあっさりと帰るとも言っていた。

職場に恋愛の対象になるような異性がいないせいか、剛史は出会いを求めて必死になっているのかも知れないが、逆にそんなところがガツガツしているように思われて、女性から敬遠されるのかも知れない。

知る人ぞ知る内緒の合図（サイン）を知らずにオーダーした翼は、誘惑されたことに驚きを隠せずにいた。あまり女性慣れしていない態度が、熟れた身体を持て余す人妻には新鮮に映ったのかも知れない。翼は漠然とそんなふうに思った。

「実は昨日の夜も『Wober』を使ってみたんだ。いい加減に、一回くらいイイ思いをしたいよな。都市伝説はやっぱり都市伝説でしかないのかな。秘密結社みたいに秘密の暗号とかがあるんなら教えて欲しいよ」

剛史の口から飛びだした秘密の暗号という言葉に、翼は思わずぎくりとした。

「秘密の暗号とか、そんなものが存在するなら、まさに都市伝説ですよ」

偶然に知ってしまった秘密の合図を翼はやんわりと否定した。

「そうだよな。都市伝説だとは思っても、ワンチャンあるって思いたいのが男ってもんなんだよ。昨日の配達員も人妻だったけど、さすがの俺が目のやり場に困るような爆乳だったんだよ。あんなおっぱいを見せつけられたら生殺しってやつだよ」

ため息を洩らす剛史をちらりと見ながら、翼は胸の奥から男としての優越感がかすかに湧きあがってくるのを覚えた。

翌日、会社が休みだった翼は、再び『Wober』を試してみることにした。

前回の牛丼をツユダクで頼んだのは、一般的なランチタイムが終わった午後二時すぎだ。

樹里との会話で印象に残っていたのは、翼のところへの配達で仕事をあがると言っていたこと。

人妻ならば、彼女のように平日の昼間のランチタイムに狙いを定めて働いて、夕食の支度をする時間に合わせて帰るのではないだろうか。

樹里さんはリクエスト欄への書き込みが、配達員への合図だって言っていたな。確かにツユダクやネギ抜きはあるけど、他にどんなリクエストがあるかな……。

翼はアプリを開くと、現在配達可能な店舗とメニューを検索した。併せて自宅にあるノートパソコンでいろいろな店舗での変更可能なメニューも探す。

あっ、そうだ……。

思いついたのはハンバーガーだった。学生時代にピクルスが大好きだという先輩が、ハンバーガー店のカウンターで、

「ピクルスをマシマシで」

と頼んでいた記憶があった。パソコンで検索すると、確かに客のリクエストに応じてピクルスなどをサービスで増量してくれる店舗がある。

まあ、ダメ元みたいなもんだよな。剛史先輩みたいに何十回頼んだって、一度も相手にされない客だっているんだ。僕だってビギナーズラックだっただけかも知れないし……。

前回のことがあるだけに期待しないといえば嘘になる。しかし、樹里が言っていたように、これはごく一部の配達員が密かに行っていることなのだ。

したがって絶対という保証はない。むしろはじめての注文で、爛熟した身体を餌に誘惑する人妻に当たったのは幸運としかいえないだろう。

翼はアプリのページから、そのハンバーガー店の看板メニューである大きめサイズのハンバーガーとチキンの唐揚げとアイスコーヒーをオーダーした。

オーダーの最後にあるリクエスト欄には「ハンバーガーはピクルスをマシマシで」と記入するのも忘れない。

オーダーを完了すると「manami.f」という配達員の名前と、おおよその配達時間が表示された。

いまからやってくるのは、あくまで出前の配達員にすぎないとは分かっている。それなのに、樹里との一件があるだけに淫らなことを妄想してしまう。

ざわつく心を落ち着かせようと、翼は洗面台に立つと鏡で身なりをチェックした。あまり派手ではない半袖のTシャツとグレーのスウェットパンツを身に着けているが、ソックスは履いていない。

もしものときのためにと、もう一度歯を入念に磨き直す。たかだか出前を受け取るためだけのはずなのに、我ながら気合いが入りすぎていると少々気恥ずかしい心持ちになる。

ほどなくして玄関のチャイムが鳴った。すでに玄関でスタンバイしていた翼は深呼吸をすると、気配を消してのぞき窓から来訪者の姿を窺った。

魚眼レンズのように中心部分が拡大されているために、鮮やかなピンク色のポロシャツの胸の辺りが強調されている。逆に顔だちははっきりとは確認できない。

反応がないことを訝しく思ったのか、配達員はもう一度チャイムを鳴らした。

「あっ、すいません。いま開けます」

翼は鍵を外すと、ドアを開いた。

「お待たせしました。ご注文の品を届けに伺いました。『Wober』の麻奈美（まなみ）です」

扉の向こう側に立っていたのは、トレードマークの派手なポロシャツを着た女性だった。三十歳くらいだろうか。肩よりも長い髪はやや明るめのブラウンにカラーリングされ、ポニーテールに結いあげている。

ナチュラルな感じに整えられた眉毛と、くっきりとした大きな瞳が男の視線を引き寄せる。形のよいもっちりとした唇はヌードベージュで彩られていた。メイクは控えめだが、対照的にグラマラスな肢体は自己主張に満ち溢れているように見えた。

のぞき窓から見たときに胸元が誇張されて見えたが、実物はもっと迫力をもって視界に迫ってくる。

第一ボタンを外したポロシャツの前合わせボタンは胸のふくらみに合わせて、急激なラインを描いて盛りあがっている。牡の視線というのは、その女性の一番性的にそそる部分に照準が合うようになっているようだ。

樹里もなかなかの美乳だったが、それよりもはるかに大きい。ポロシャツの上から想像してもFカップはありそうだ。半袖のシャツから伸びる二の腕にも適度な肉がついている。

樹里はサイクリング用の膝上丈の黒いパンツを穿いていたが、麻奈美は肉感的な太腿がほとんど剝き出しになったデニム生地のホットパンツを穿いていた。足元には白いソックスとスニーカーを履いている。

どうやら制服として決まっているのは、人目を引くショッキングピンクのポロシャツだけのようで、ボトムになにを着るのかは配達員に任されているみたいだ。

ストッキングを穿いていない太腿を前にして、翼は小さく喉を鳴らした。モデルのようにほっそりとした女性は左右の膝頭を合わせると、太腿の間に隙間ができる。

しかし、目の前の女性の両足は見るからにもちもちとした感じで、柔らかそうな太腿が仲のいい双子のようにぴったりと寄り添っている。

決してスレンダーなタイプではないが、無駄な肉が有り余っているという感じではない。男が好みのタイプを聞かれるとよく口にする、ちょいポチャというよりもかなりグラマラスな感じだろうか。

まるで砲弾みたい大きく突き出した乳房や、ウエストの辺りからぐんっと張りだしたヒップのラインや隙間のない太腿の瑞々(みずみず)しさは実に見事なものだ。日本人離れして見えるほどメリハリが効いた肢体は、まるで洋画に登場するダイナマイトボディをひけらかす飲食店のウエイトレスなどを連想させる。

「ご注文のお品をバッグから取り出したいので、玄関に入れていただいてもいいですか？」

麻奈美は明るい感じで切り出した。

「あっ、はいっ、どうぞ」

言われるままに、翼は大きなバッグを手にした麻奈美を玄関へと招き入れた。

「ご注文はダブルサイズのハンバーガーとチキンの唐揚げ、アイスコーヒーでよろしいですか？」

バッグから注文品を取り出すと、麻奈美は伝票を読みあげた。

「リクエスト欄でハンバーガーはピクルスをマシマシでと承っていますが、お間違えはないですか？」

「あっ、はいっ。すみません。説明書きにアプリのリクエスト欄に書き込むと、いろいろと希望を聞いてもらえるってあったもので……」

「そうなんですよ。うちは出前アプリの中では後発組ですから、きめ細かいサービスを心がけてるんです」

麻奈美は伝票を差し出すと、やや肉厚の唇に微笑みを浮かべてみせた。純粋な営業スマイルというよりもなにやら思惑がありげな表情に思えるのは、先日の樹里とのことがあるからだろうか。

自転車に乗って配達しているせいか、むっちりとした肉感的な肌は健康的な感じに日焼けしている。

とはいえ、日焼けサロンに通って焼いているような不自然さではなくて、あくまでも自然な感じだ。その指先にシンプルな指輪が光っているのを翼は見逃さなかった。

「坂下さんってお幾つなんですか？」

「えっ、僕ですか。二十五歳ですけど」

「二十代半ばなんて羨ましいわ。わたしよりも七歳も下なんですね」

翼よりも七歳年上ということは三十二歳だ。しかし、頬などに瑞々しい張りが感じられるせいか、実際の年齢よりもずっと若々しく感じられる。

「聞かなかったら、三十歳を越えてるようには絶対に見えませんよ。僕よりもほんの少しだけお姉さんかなって思ってました」

「あらぁ、ずいぶんと嬉しいことを言ってくれるんですね」

麻奈美はただでさえくっきりとした瞳をいっそう大きく見開いて、声を弾ませた。

奥手な翼でも、実年齢よりも老けて見られて喜ぶ女性などいないことくらいはわかる。我ながら少し大袈裟にも思える賛辞の言葉の裏には、圧巻の肢体を見せつける麻奈美の気を引きたいという邪な思惑もあった。

「これでも結婚前はもっとスレンダーだったんですよ。結婚して専業主婦をしていたら、気が緩んじゃったのか太っちゃって……」

「そんなことないですよ。すっごく女性っぽい感じで憧れちゃいます」

「本当に嬉しいことを言ってくれるんですね。旦那からは結婚前よりも太るなんて詐欺だって言われて、ダイエットを兼ねてこのアルバイトをはじめたんです。自転車に乗るのは嫌いじゃないし、ダイエットにはいいでしょう？」

「そうだったんですか。でも太ってるなんて思いませんよ。むしろグラマーでどきどきしちゃいますよ」

翼は胸の昂ぶりを控えめに言葉にした。麻奈美の本心がわからない以上、翼から積極的に誘いをかけるなどできるはずがない。

「嬉しいわぁ、そんなふうに言ってくれるなんて。ねえ、どうしてピクルスをマシマシにしたんですか？」

「あっ、それはピクルスが好きだし……」

「好きだし？」

麻奈美は翼の言葉を鸚鵡返しにした。その視線には、年下の牡の胸の内を探ろうという思惑が垣間見える気がした。

「もしかして、リクエスト欄の秘密を知っているんですか？」

今度は直球で問いかけてくる。男の下心を見透かすように、じっと視線を重ねてくる。

——来た！　と思ったが、すぐに頷いたら、いかにもヤリ目の軽い男だと思われてしまいそうだ。即答することもできずに、翼は気まずさに視線を泳がせた。

「もしかして、エッチなことを期待していたんじゃないんですか？」

麻奈美に畳みかけられると、なんとなく追い詰められた心持ちになってしまう。翼は上手い言い訳を探すように視線を床に落とした。

「いいじゃないですか。素直になっちゃえば。男だって女だって、そんな気分になっちゃうときがありますよ。うちの旦那ったら、痩せるまでエッチをしないなんて言うんだもの。それじゃあ、まるでわたしの身体だけが目的で結婚したみたいでしょう。だから、わたしも意地になってダイエットが成功するまでは、旦那とはエッチをしないって決めたんです。でも、それでもしたくなっちゃうときってあるんですよね」

麻奈美は左手の人指し指を口元にやると、白い前歯で軽く噛んでみせた。薬指に嵌められた結婚指輪が翼の視線を射抜き、どきりとしてしまう。

「えっ、それって……？」

「言わせないでよ。女にだって性欲があるんですよ。だから、わたしにとってこのアルバイトはダイエットと欲求不満解消を兼ねてるんです。もっとも最初は純粋にお小遣い稼ぎとダイエットが目的だったんだけど」

「でも、欲求不満解消も兼ねてるって……」

「それは、なんとなくって言えばいいのかしら。わたしだってリクエスト欄にそんな秘密があるなんて全然知らなかったんです。だけど、ちょうど旦那と喧嘩をしているときだったかしら。リクエスト欄の秘密を知っていたお客さんから誘われちゃったんです。相手の誘いかたが上手くて、それでなんとなくって感じかしら。だって見ず知らずの相手とのエッチなんて刺激的でしょう。それに相手の名前も住所もわかっているから、向こうだって無理やり乱暴なことなんてしないでしょう」

「そっ、そうだったんですか……」

「旦那も馬鹿よね。わたしが痩せるまでエッチをしないなんて言い張るんだもの。本当はおっぱい星人で、エッチが大好きなクセに。わたしもプライドを傷つけられたから、意地でもヤラせてあげないの。旦那は同い年なんだけれど、週に二回くらいこっそりとオナニーしてるのよ。おかしくて笑っちゃうわ」

麻奈美は夫婦の秘め事を口にした。それは親しい友人や知人には言えない話に違いない。見ず知らずの他人、ましてや二度と会うことがないかも知れない相手だからこそ打ち明けられる話なのだろう。

「でも、旦那さんに悪いとかって……」

生真面目さが抜けない翼の口から、この状況には相応しくない言葉が洩れる。

「別にね、旦那に対する当てつけって訳じゃないんです。それに誰でもいいって訳でもないの。わたしって高校生くらいから巨乳だったせいか、それ目当てに近づいてくるような男性にばかり言い寄られていたんです。いわゆるがっついているタイプって言えばいいのかしら。だから、アプリにも奇跡の一枚みたいな写りがいい写真を載せてる男性は苦手なんです。いかにもヤリ目って感じがするでしょう。あなたったら、なんとなく醒めた感じの写真を載せているんだもの。だから逆に興味を持ったんです」

言われてみれば心当たりがあった。アプリに載せたのは、剛史に半ば強制されて居酒屋の片隅で撮った写真だ。我ながら少し仏頂面だった記憶がある。

「ねえ、どうします？　ピクルスマシマシってことは、そういう気分なんじゃないんですか？」

麻奈美はしっとりとした声で囁きながら、両手を胸元で交差させた。ただでさえ男の目を惹きつけてやまない圧倒的なふくらみが、さらに強調される。大迫力の巨乳を前に、翼は息を乱すばかりだ。

「もうっ、どうするって聞いてるのに……」

言うなり、麻奈美は右手を背後に回し玄関の鍵をかけた。人妻というのは、翼が思う以上に積極的なようだ。

麻奈美はショッキングピンクのポロシャツの襟元に指先をかけると、三つほど並んだボタンをゆっくりと外した。

スローなテンポの指さばきは、戸惑う年下の男の視線を楽しんでいるみたいだ。どうしたって、視線がたわわな胸元に引き寄せられてしまう。

ポロシャツの前ボタンを外すと、麻奈美はおもむろに裾を摑むとそれをするするとたくしあげた。

ポロシャツの下にはインナーシャツなどは着けていなかった。デニム生地のショートパンツの前合わせが、ヘソのすぐ下で留まっている。

本人はダイエットを盛んに口にしているが、どこもかしこも柔らかそうな肉づきが牡の本能を煽り立てる。

七歳下の翼の視線を引き寄せるように、麻奈美はポロシャツを胸元までゆっくりとたくしあげると、後頭部で結いあげたポニーテールが崩れないようにしながら、するすると引き抜いた。

街角でも人目を集める派手なポロシャツとは違う、柔らかい色合いのピンク色のブラジャーが露わになる。乳房が大きいだけに、それを包み込むブラジャーの面積も自然に大きくなる。

見るからに重たげな乳房をしっかりと支える、フルカップのブラジャーの谷間の深さに翼は息を飲んだ。

上半身に着けているのはサーモンピンクのブラジャー、下半身にはデニム素材のホットパンツというアンバランスな姿だ。むちむちとした質感が漂う三十二歳の熟れ肌は、翼の下半身をそそり勃てるには十分すぎる。

「ねえ……」

「えっ……？」

麻奈美の唇からしどけない声がこぼれる。

翼の口から胸のざわつきを隠せない、やや掠れた声が洩れる。

「わたしだけこんな恰好なのって、不公平だと思いません？」

自らポロシャツを脱いだというのに、麻奈美は不満げな視線を投げかけてきた。

「そっ、それって……？」

「嫌だわ。女に言わせないで」

麻奈美は頭を左右に軽く振る仕草を見せると、両手を背中に回した。ぷちんというブラジャーの後ろホックを外すかすかな音が聞こえた瞬間、重力に負けるようにブラジャーが胸元からするりと剝がれ、量感に満ち溢れた乳房がぽろりとこぼれ落ちた。

三十二歳の熟れ乳は、見るからに柔らかそうでぷるぷると弾んでいる。Ｆカップという重さに耐えかねてか、ほんの少しだけ下方に垂れている気もするが、逆に作り物ではない生々しさを感じさせた。

見るからに重たげな乳房を支えるように、麻奈美は両腕を胸元で交差させた。

上半身だけ裸になると、半袖で包まれている部分以外の腕がかすかに日焼けしているのがわかった。その微妙な色合いの差も、自転車を使うアルバイトに励む人妻らしいリアリティーを感じさせる。

両腕で支えるように持った乳房は迫力を増し、翼の視線を直撃する。日頃は衣服で覆い隠されている胸元は、手首に近い健康的に日焼けした肌よりも2トーンほど色が白かった。

乳房の頂上は上品に淹れたミルクティーの色合いだった。乳房の大きさに比例して、乳輪の大きさは直径四センチほどはありそうだ。つきゅっと硬くなった乳首は乳輪よりもほんの少し色合いが濃く、一センチほど突き出している。

「ねっ、あなたも脱いでよ」

麻奈美は当たり前のように言いきってみせた。最初に顔を合わせたときとは、徐々に口調が変化してきている。

「そう言われても……」

翼は言葉を濁した。女性に対してはなかなか強気に出られない気弱さが顔をのぞかせる。ましてや相手は豊満な肢体を誇らしげに見せつけてくる人妻なのだ。

「わかったわ。だったら、わたしが脱がせてあげる。それならば、いいでしょう？」

麻奈美は翼の返答を待たずに、若々しい体躯へと指先を伸ばしてくる。

半袖のTシャツの裾に手をかけたが、それをめくりあげて上半身から引き抜くことはせずに、グレーのスウェットパンツに手をかけると、それをずるずると膝の辺りまで引きおろした。

翼の下半身を包むのは、ブルー系のチェックのトランクスだけになる。

「ねえ、触ってもいいでしょう」

言うなり、麻奈美はトランクスの前合わせ部分に指先を伸ばしてくる。セクシーなグラビアよりも生々しい迫力の爆乳を見せつけられていたのだ。

トランクスの中身は前合わせボタンを押しあげるように、若々しさを漲らせていた。

麻奈美はトランクスの布地の上から、硬く勃起した肉柱をゆっくりとまさぐった。

「こんなに硬くしちゃって……」

彼女は声をうわずらせると、布地の上からペニスの大きさや硬さを確かめるように指先をやんわりと食い込ませた。

若牡の一番敏感な部分を執拗(しつよう)なタッチで弄びながら、麻奈美は完熟した肢体を密着させてくる。ポニーテールからほんの少しだけ後れ毛がこぼれ落ちているのが、なんともいえずに艶っぽく感じられる。

んーんっとくぐもった声を洩らしながら、翼は麻奈美の首筋に鼻先を近づけた。南国の果物を思わせる、やや甘ったるい芳香が鼻先をくすぐる。濃厚な香りは、まるで麻奈美の胸元に実った巨大な果実のような乳房から漂っているのではないかと思えてしまう。

「なんだかトランクスがぬるぬるになってきちゃったわ」

麻奈美はこんもりと盛りあがったトランクスの前合わせの辺りを指先で執念ぶかく撫で回すと、布地の表面まで滲み出した牡汁でぬらついた指先をちろりと舐め回した。

「すっごくエッチな味がするわ。余計に興奮しちゃうっ」

麻奈美はうっとりとした声を洩らした。出前を届けに来たときに感じた健康的な色香はなりを潜め、牡の体躯に飢えた牝のフェロモンの香りを撒き散らしている。

「ああっ、そんなにいじくったら……」

翼は腰を引こうとした。トランクスに浮かびあがったシミを見ていると、悩ましい気持ちが湧きあがってくるのを抑えられなくなる。

「いじったらダメなの。だったら、こういうのならいいのかしら?」

麻奈美は肉厚の唇を舌先で軽く舐めると、唇の端をきゅっとあげながら翼の顔をまじまじと見つめた。情熱的な視線を感じるだけで、トランクスの中のペニスがぴくっと上下してしまう。

「こっ、こういうのって……」

破廉恥な予感に、下半身がかあーっと熱を帯びるみたいだ。翼は麻奈美の顔を見つめ返した。

「それはね、こういうことよ」

麻奈美の指先がトランクスの上縁へと伸びる。すらりとした指先は躊躇う仕草を見せずに、下半身を包み隠していた最後の一枚を膝の辺りで留まっていたスウェットパンツの上まで一気に引きずりおろした。

「さすがに玄関っていうのは色気がないわ。少しだけなら、お部屋にあがってもいいでしょう」

下半身だけが剝き出しになった格好の翼には選択権はなかった。翼はうなずいて素足に履いたサンダルを脱ぐと、先に部屋にあがった。

麻奈美もスニーカーを脱ぎ、決して広いとはいえないキッチンの辺りで、あられもない姿になっている翼の前に膝をついた。

「これは要らないわよね。脱がせてあげる」

鼻にかかった声で囁くと、麻奈美は膝の辺りまでずりおろされた翼のスウェットパンツとトランクスを脱がせにかかった。

翼の脳裏に、樹里がペニスを舐め回したときの快感が蘇ってくる。それは自慰とは比べ物にならないほどの甘美感だった。

床にしゃがみ込んだ麻奈美と視線が交錯する。ぽってりとした口元を見ていると、思わず下半身を前に突き出して卑猥なおねだりをしたくなってしまう。

「エッチなことをいっぱい考えてるんでしょう。スケベなお汁がいっぱい溢れてきてるわよ」

麻奈美はお姉さんっぽい口調で囁くと、艶然と笑ってみせた。露わになった大きな乳房が重たそうにゆさゆさと揺れている。

「ねえ、こんなふうにされたことはあるかしら？」

意味深な言葉を投げかけながら、麻奈美は自らの両手で重量感をひけらかす乳房を手のひら全体を使って支えるように持ちあげた。

翼は言葉を発することもできずに、ただただ麻奈美の仕草に視線が釘づけになっていた。

「ねっ、おっきいでしょう」

得意げに囁くと、麻奈美は両手で支え持った乳房を翼の下半身目がけて近づけてくる。

こっ、これって……まさか……。

淫靡すぎる期待に、翼の喉元がごくりと音を立てた。

ふにゅっ、ぷにゅっ。

それは耳で聞こえる音というよりも、皮膚で感じた音だった。隆々と宙を仰ぐように反り返った若茎を温かい乳房が左右からすっぽりと包み込む。

柔らかい乳房は、まるでペニスにぴっとりと吸いついてくるみたいだ。ましてや、年上の女が目の前で跪く(ひざまず)ような格好で淫らなことをしているのだ。

視覚から入ってくる刺激もすさまじい。

「うわあっ……ああっ……」

生まれて初めて味わうパイズリに、翼は驚きを含んだ快美の声を洩らした。

「そんなに色っぽい声をあげるほど気持ちがいいのかしら。エッチな声を聞くと、もっともっと気持ちよくしてあげたくなっちゃうっ」

顎先を突き出して身悶える翼を見上げながら、麻奈美はとろっとした声で囁いた。

自らの身体を使った淫技に、年下の男が声をあげてよがるさまが彼女の女としての自尊心（プライド）をくすぐっているみたいだ。

麻奈美は両手で乳房を支え持ったまま、ゆっくりと肢体を前後に揺さぶった。乳房を押さえつける力加減を変えると、まるでペニスをしごかれているみたいだ。

亀頭だけがようやっと顔を出しているが、肉幹は弾力に富んだ双乳にしっかりと挟み込まれている。

「きっ、気持ちいいっ……」

フェラチオとは異質の快感に、翼は喉を絞った。その言葉に嘘はなかった。身体の奥深いところから湧きあがってくる快感を表すように、尿道口から潤みの強い粘液がじゅくじゅくと滲み出してくる。

ぬるついた粘液は裏筋へと垂れ落ちると、それを包み込む乳房にまで流れ落ちた。先走りの液体はまるでローションみたいだ。いっそう快感が強くなる。

「気持ちいいなんて言われたら、ますます感じさせてあげたくなっちゃう」

麻奈美の瞳の奥が妖しく輝く。年下の男が身をよじる姿を見ることに昂ぶっているようだ。ペニスを包み込む乳房の頂きが、まるで勃起しているみたいににゅんとしこり立っている。

膝をついた麻奈美は上半身を前後させながら、弱く強くと絶妙に力加減を変えながら牡茎を翻弄した。

「いいっ、気持ちよすぎる。こんなの……」

翼は背筋をのけ反らせて、快感に咽んだ。ビデオなどでパイズリのシーンは何度も見たことはある。しかし、女の肉体の象徴である乳房で弄ばれる快感は、翼の想像をはるかに超えていた。

「あーん、すっごくいいわ。エッチな声を聞いてると、わたしまでたまらなくなっちゃうっ」

麻奈美は半開きの口元から艶っぽい声を洩らすと、赤みの強いピンク色の舌先をちろちろと振り動かした。まるで舌先の動きを翼に見せつけているみたいだ。

「こんなふうにしたら、もっと気持ちがよくなっちゃうのよ」

決めつけるように言うと、麻奈美は乳房のあわいからはみ出した亀頭を舌先でべろりと舐めあげた。

「うっ、ああっ……」

ますます翼の喘ぎ声が甲高くなる。

「いいのよ、気持ちがいいときはいっぱい叫んじゃったって」

麻奈美は子供に言い聞かせるみたいな口調で囁くと、舌先をU字形に尖らせ、カウパー氏腺液をとめどなく噴きこぼす尿道口をつっ、つっと軽やかに刺激した。

「うーん、濃いのがいっぱい溢れてくるわ」

麻奈美は口元をすぼめ、わざと脳幹に響くようなちゅっぢゅっという音を立てながら、牡汁を吸いしゃぶる。尿道口の中に溜まっている先走りの液体を吸いあげられると、玉袋の辺りが切なくなるような快感が湧きあがる。

はじめて会ったというのに、七歳上の人妻は翼の弱点を的確に攻め立ててくる。されるがままの翼は、若い娘のようにもどかしげに体躯をしならせた。

「もっともっと気持ちよくしてあげるんだから」

まるで独り言みたいに呟くと、麻奈美はぽってりとした唇を大きく開き、亀頭をじゅっぽりと口の中に含んだ。

亀頭がぬるついた口内粘膜が包まれる。それだけでも、下腹を突き出してしまいそうになるのに、麻奈美はさらに頬をすぼませるようにして密着感を強めた。

「うあっ、だっ、ダメです。気持ちよすぎて……」

肉茎を乳房で強く弱くとしごかれながらの口唇奉仕に、翼は体躯を揺さぶった。熟れ乳の谷間に取り込まれたペニスがとろとろに溶けて、乳房と同化してしまうのではないかと思えるほど、その快感は強烈だ。

「はあ、だっ、ダメですっ。これ以上されたら……が、我慢できなくて、でっ、射精(で)ちゃいますっ」

翼の口から懊悩(おうのう)の喘ぎが迸る。

それでも、麻奈美は口中に含んだペニスを解放しようとはしなかった。逆にむしろ深々と咥え込み、舌先をねっとりと絡みつかせてくる。

もちろん、肉茎を包み込んだ乳房もそのままだ。どんなに堪えようと思っても、限界点は確実に近づいてくる。

「ほっ、本当にもっ、もう……限界っ、限界です。でっ、射精(で)るぅっ！」

そう叫んだ瞬間、翼の背筋が大きく弓のようにしなった。それでも、麻奈美はペニスにむしゃぶりついたままだ。

どっ、どくっ、どくっ、どっぴゅっ……。

温かい口の中で、肉柱が上下に何度も何度も跳ねあがる。麻奈美は撃ち込まれる白濁(はくだく)液を真正面から受けとめた。小刻みに上下するペニスの蠢きが収まると、彼女は喉の奥に発射された樹液を喉を鳴らして飲み込んだ。

それどころか、もう一度亀頭にしゃぶりつくと、尿道の中に残った残滓(ざんし)をすりあげる。射精したばかりの亀頭を舌先で愛撫されると、くすぐったいような奇妙な快感が込みあげてくる。

「もっ、もうっ、ダッ、ダメです。これ以上は……」

膝下に力が入らなくなりそうだ。翼は腰を引いて執拗に喰らいついてくる麻奈美から逃れた。麻奈美はもう一度喉を鳴らして白濁液を飲みくだすと、全部きれいに飲み込んだのを証明するように口を開いてみせた。

「んふふっ、若いからすっごく濃いのがいっぱい射精てきたわ。でも、さすがに若いのね。あんなに発射したのに、硬いまんまだなんて」

口元を拭いながら、麻奈美は嬉しそうに翼の下半身に視線を注いだ。

「若いから一度抜いてあげたほうが、たっぷりと楽しめるでしょう？」

その言葉のとおりだ。麻奈美の口の中にたっぷりと放出したはずなのに、翼の肉柱は少しも硬さを失ってはいなかった。

「ひとりだけイッちゃったらずるいわ。だから、今度はわたしをたっぷりと悦ばせてね」

麻奈美は甘ったれた声を洩らした。

「はああっ……」

必死で両足を踏ん張って射精感を抑え込んでいた翼は、膝の辺りががくがくするのを覚えた。

遊び慣れた男ならばまだしも、二十代半ばの翼には年上の人妻が繰り出す淫戯は少々強烈すぎたようだ。射精した途端に、全身から力が抜け落ちていく。

床の上に膝をついた麻奈美の前に、翼も腰が抜けたようにへたり込んでしまった。

「あらあ、若いのに意外とだらしがないのね」

「そんなこと言ったって、あんなふうにされたらおかしくなりますよ。これでも、発射さないように必死で我慢してたんですよ」

「でも、たっぷりと射精たわよ。さあ、今度はわたしを楽しませてね」

そう言うと麻奈美は翼に抱きつき、やや強引に翼の身体を床に仰向けに押し倒した。上半身が露わになった麻奈美は、デニム生地のホットパンツに白いソックス姿だ。

彼女は見るからにぷりっとしたヒップを左右にくねらせながら、ホットパンツを脱ぎおろした。ホットパンツの下には、ブラジャーとお揃いのピンク色のセミビキニタイプのショーツを穿いている。

麻奈美は躊躇うことなくショーツに指先をかけると、それを脱ぎおろし、ソックスから足を引き抜いた。これで、彼女は一糸まとわぬ姿になった。

ややふっくらとした女丘に繁る草むらは逆三角形に整えられていた。髪の毛とは明らかに質感が違う縮れた毛は、地肌が透けて見えないくらいに密に生え揃っている。ダイエットを兼ねてアルバイトをしているという麻奈美の肢体は、かなりむっちりとしている。それが三十路の人妻らしい芳醇な色香を滲ませていた。

「あんなにたっぷりと射精したばかりだっていうのに、かちんかちんのままなのね。ねえ、今度はわたしを感じさせて」

麻奈美は床に手をつくと、仰向けに倒れ込んだ翼の顔をのぞき込んだ。セックスへの執着を感じさせる粘ついた視線が身体に絡みついてくる。

さっきまでは仁王立ちになっていた翼が麻奈美を見おろしていた格好だったが、今度は麻奈美が翼の腰の辺りに跨る格好だ。

下から見上げてもその乳房は迫力満点だ。下乳が重たげに揺れて、翼の視線を挑発する。

「男の人の視線を感じると興奮しちゃうの。ねえ、どう、わたしの身体って男の人からセクシーに見えるかしら」

麻奈美は両の手のひらで乳房を包んで谷間を形づくると、媚びを売るみたいに肢体をなよやかに揺さぶった。

　太腿がほぼ剝き出しになるようなホットパンツを穿いていることを考えると、彼女は男性の視線を集めることに性的な昂ぶりを覚えるタイプなのかも知れない。

　ベリーダンスを舞うように腰がうねると、肉感的な下半身から立ち昇る牝の匂いが強くなる。それはナチュラルチーズを思わせる、ミルクっぽさを感じさせる匂いだ。その中にほのかな酸味を感じる。

「ああん、こんな格好をしていたら見られちゃうっ」

　麻奈美は鼻先にかかった声を洩らした。腰の辺りに跨っているので、翼からは太腿の付け根に位置づく秘められた部分を見ることはできない。

「ねえ、もっと見て。見られると感じちゃうの。興奮して……お股がぬるんぬるんになっちゃうっ」

　麻奈美は瞳を潤ませると、膝立ちで翼の頭部へとゆっくりと移動してくる。ついに両膝で翼の頭部を挟むような体勢になった。

「あっ……」

「はあっ、見えちゃう。オマ×コちゃんが丸見えになっちゃうぅっ」

　ふたりの唇から卑猥な吐息が洩れる。女らしい丸みを感じさせる太腿の付け根の奥には、切れ長の女裂が潜んでいた。

オマ×コにわざと「ちゃん」をつける言いかたが、卑猥さを増している。それが逆に翼の身体をも熱くさせる。

柔らかそうな大淫唇には、やや短めの恥毛がちらほらと生えている。花を包み込む萼のような大淫唇からは、程よく発達した花びらが二枚顔をのぞかせていた。

「ああん、もっと見て。オマ×コちゃんをよく見てぇーっ」

麻奈美は熟れ尻をくねらせた。ヒップを揺さぶったことによって、ぴったりと重なり合った花びらがかすかに綻び、濃密なフェロモンの香りがさらに強くなる。

彼女の指先が太腿のあわいへとゆっくりと伸びた。仰向けに横たわった翼にできることは、目の前であからさまになる神秘的な女花を凝視することだけだ。

やや日焼けした太腿よりも、その付け根はかすかにセピア色っぽい色合いで皮膚の質感も明らかに異なっている。太腿が皮膚だとしたら、太腿の付け根の内側の部分は粘膜に近い感じだ。

「ああーん、こんなに濡れちゃってるっ」

麻奈美の唇から悩乱の喘ぎが洩れる。女らしい指先が濃いめの花びらを左右に割り開くと、ちゅんと口を閉ざした赤みの強い膣口が露わになる。

彼女の言葉のとおり、とろりとした女蜜がじゅくじゅくと溢れ出し、花びらだけでなく大淫唇の辺りまでぬめぬめとした輝きを放っている。

麻奈美は翼の視線を意識するように、繊細な女の蘭(らん)の上で指先をそろりそろりと踊らせた。それは触れるか触れないかの繊細なタッチだ。

男だけではなく、女だって満たされないときには自らの指先で秘肉を慰めるということくらいは知っていた。

しかし、それを生で見るのは生まれてはじめてだ。翼は胸元を喘がせながら、麻奈美のひとり遊びを見守った。

「はあ、見られてるだけじゃ我慢できなくなっちゃうっ。ねえ、たっぷりとオチ×チンを舐め舐めしてあげたでしょう。今度はあなたが感じさせて」

麻奈美は甘えた声を洩らすと、魅惑的な下半身を揺さぶった。翼と視線を重ねながら、少しずつ腰を落としてくる。熟れた牝特有の花蜜の匂いが鼻腔に忍び込んでくる。

「ねっ、いいでしょう……」

独り言みたいに囁くと、麻奈美の腰の動きが止まった。牡を誘惑するフェロモンの香りを漂わせる秘唇と翼の顔の距離は五センチもない。

年上の人妻にここまでお膳立てをされては、逃げ出すことなどできるはずもない。

翼は深呼吸を二度三度と繰り返すと、牡を誘い込む女花へと舌先を伸ばした。

舌先が蜜にまみれた花びらに触れた途端、花びらによって堰き止められていた愛液がとろりと滴り落ちてくる。

互いにシャワーなどを浴びてはいない。ホットパンツやショーツの中で蒸れていたのだろうか。甘酸っぱい蜜の風味が口の中いっぱいに広がる。

「はあ、いいわ。舐め舐めされると感じちゃう。だって、お指とは感じかたが全然違うんだもの。舌で舐められると気持ちがよすぎて、オマ×コちゃんが蕩けちゃうっ」

麻奈美は聞いているほうが恥ずかしくなるような、三十路の人妻とは思えないはしたない言葉を口走った。

ここまできたら後に退けるはずもない。翼はぐんっと舌を伸ばすと、舌先を密着させるように二枚の花びらを下から上へとでろりと舐めあげた。

花びらが左右に開き、とろりとした牝蜜が滲み出してくる。その源泉のありかを探るように舌先を丹念に操る。

「ああ、いいわ。舌で舐められると感じちゃうの。もっともっと舐め舐めして。はぁんっ、クリちゃんも弱いの」

麻奈美は自ら弱点をさらけ出した。昂ぶりに二枚の花びらが、少しずつ厚みを増しているのがわかる。花びらが重なり合った部分には、春を待つ桜の蕾みたいな小さなしこりがある。

おねだりをされるままに、翼は薄い肉膜に隠れるように潜んでいたクリトリスを舌先でつっ、つっと刺激した。

「はあ、いいっ、そこっ、感じちゃう。クッ、クリちゃん感じちゃうっ」

麻奈美は熟れ腰を左右にくねらせて、快美の声を迸らせた。突き出した胸元が上下にふるふると弾んでいる。

年上の女が乱れるさまが、翼を煽り立てる。翼は彼女の太腿の付け根に両手を伸ばすと、大淫唇を左右にぱっくりと割り開いた。恥毛が生えていない部分は粘膜の色が鮮やかだ。

翼は二枚の花びら目がけて、尖らせた舌先を伸ばした。身体の芯からの昂ぶりに厚みを増した花びらを一枚ずつじっくりと舐め回す。

「あーんっ、感じちゃう。オマ×コちゃんがじんじんしちゃうのっ。ねえ、クリちゃんも可愛がってえっ」

翼の頭部に膝立ちになった麻奈美は、一番感じる淫核に舌先が触れるように小刻みに尻を揺さぶった。舌先を追う腰の動きに、年上の人妻の強欲さが滲み出ている。

「ああん、我慢できなくなっちゃう。舐め舐めされるだけじゃ、我慢できないの。硬いので、オチ×チンで思いっきりされたくて、たまらなくなっちゃうっ」

とうとう、麻奈美は人妻が口にしてはならないはずの言葉を口にした。麻奈美の口の中に一度たっぷりと放出しているが、翼の肉柱は少しも力を失ってはいなかった。むしろ、人妻が演じる痴態に牡の象徴（シンボル）は熱い血潮を蓄え続けている。

「ねえ、いいでしょう？　オチ×チンを頂戴（ちょうだい）。オマ×コちゃんがオチ×チンを欲しくて欲しくて、どうにもこうにもたまらなくなっちゃってるのよ。ねえ、上に乗ってもいいでしょう？」

麻奈美はそう言うと、膝立ちのままいざるようにして翼の腰の辺りへと移動した。彼女の指先が、まるで銃身のような硬さを見せるペニスをしっかりと握り締める。

麻奈美は牡杭目がけて、完熟したヒップの割れ目をゆっくりと落としてくる。そこは甘酸っぱい匂いを放つ牝蜜だけではなく、翼の唾液によってしとどに濡れまみれていた。

ぬるっ、ぬちゅっ……。

花びらの真上で肉柱がうわすべりをする。しかし、麻奈美はその感触さえも楽しんでいるみたいだ。

「ああん、クリちゃんがオチ×チンでこすれてる。ああん、ぐりぐりされると感じすぎておかしくなっちゃうっ」

膝立ちになった麻奈美は、充血した花びらのあわいに牡杭の先端を押しつけた。体重をゆっくりとかけるようにして、男根を少しずつ飲み込んでいく。

「ああ、いいわっ、オチ×チンが、オチ×チンがぁ……オマ×コちゃんに挿入ってきちゃうっ」

麻奈美は背筋をのけ反らして、貫かれる快感をじっくりと味わっている。麻奈美の秘壺は肉感的な肢体に相応しく膣肉がもっちりとした感じで、細かな肉襞がペニスにまとわりついてくる。

「あっ、すごいっ、締めつけてくるっ……」

翼の唇からも切なげな吐息がこぼれる。翼にとっては生まれてはじめての騎乗位だ。それ故に、自ら腰を振るという発想がなかった。

「んんっ、いいわあ。まるでオチ×チンで串刺しになっているみたい」

麻奈美は感極まった声を洩らすと、翼の胸元に両の手のひらをついた。床の上に膝をついた彼女は前後左右にゆっくりと腰を揺さぶる。

まるで膣壁をかき乱すように腰を軽くあげると、円を描くようにスローなテンポで腰を振り動かし、今度は深々とペニスを埋め込んでいく。

ダイエットを兼ねてアルバイトをしていると明言しているだけに、その腰使いは翼の想像をはるかに超えている。下半身の鍛錬とばかりに、麻奈美は上下左右にと自在に腰を振り動かす。

深く浅くと、媚肉で肉柱を蹂躙されているみたいだ。

「あっ、ああっ、そんなふうに動いたら……」

翼は狂おしげな声を洩らした。

「大丈夫よ。だから、先に一度たっぷりと抜いておいたんでしょう。じっくりと楽しませてくれなくちゃ」

麻奈美は熟れ腰を巧みに操りながら、蕩けるような表情を浮かべた。

「ああん、いいわ。オマ×コちゃんの中をまるでずりずりされてるみたい」

下腹部で深々と繋がりながら、麻奈美はこれ見よがしにヒップを揺さぶってみせる。

ペニスに密着し、やわやわと締めつけてくる蜜壺の感触に仰向けに横たわった翼は喉元をのけ反らした。

麻奈美の口内で一度精を放っていなければ、あっという間に射精してしまっていたに違いない。それほどに柔らかさと弾力に満ちた女体は魅力的だ。

「ねえ、こんなに深く挿入っちゃってるのよ」

麻奈美は腰を浮かせると、牡の本能を直撃するような台詞を口にした。その言葉に、翼は麻奈美と繋がっている部分へと視線を注いだ。

鬱血（うっけつ）した二枚の花びらの中心に、青黒い血管を浮きあがらせたペニスが深々と取り込まれている。濃いピンク色の粘膜同士がこすれ合うさまが、これ以上はないほどに卑猥に思える。

「繋がってるところを見て、もっともっと見てえっ」

麻奈美は前のめりになると、翼の口元に唇を重ねた。ほんのりと青臭い香りが漂うのは、彼女の口中に大量の樹液を撃ち込んだからに他ならない。

自身が放出した白濁液の匂いさえも気にならないほどに、翼も興奮していた。かすかに精液の匂いが漂う麻奈美の舌先に、自らの舌先を巻きつけると、ずっ、ずずぅっと音を立てて吸いしゃぶる。

「ああん、こんなに感じちゃうなんて。オマ×コちゃんがヘンになっちゃうっ」

麻奈美は名残惜しそうに唇を離すと、翼の胸板に手をついた。彼女は、膝をあげてつま先だけで踏ん張る格好になった。

ちょうど和式の手洗いで用を足すときを思わせる格好だ。膝立ちよりもつま先立ちのほうがはるかに不安定なのだろう。両足を踏ん張ったために、蜜肉の締めつけがいっそう強くなる。

「まっ、麻奈美さんっ、きっ、きついっ……。あんまり締めつけたら」

翼は喉の奥に詰まった声を洩らした。

「だっ、だって……感じたいの。思いっきり感じさせて」

つま先立ちになった麻奈美は翼の胸元に手をつきながら、熟れ尻を振りたくる。その姿はなにかに取り憑かれているかのようだ。

年上の人妻に負けてばかりはいられない。そんな思いが頭をもたげてくる。翼は麻奈美の両膝をしっかりと摑むと、ゆっくりと前後に揺さぶった。

「ああん、オマ×コちゃんの奥が……オチ×チンでぐりぐりされちゃうっ……。ああんっ、おかしくなっちゃうっ。気持ちよすぎるうっ」

麻奈美は甲高い声をあげて、ポニーテールの髪を振り乱した。麻奈美の両膝は翼ががっちりと支えている。

彼女は込み上げてくる快感に身をよじるように、両の乳房を手のひらで摑むと、指先を食い込ませて揉みしだいた。

乳首が感じるのだろう。両手の人差し指の先で、痛いくらいに突き出した乳首をくりくりと刺激している。

感じれば感じるほどに、麻奈美の女の洞窟の中は蜜で溢れ返ってくる。ようやっと少しだけ余裕が出てきた翼は、尻の辺りに力を蓄えると、彼女の深淵を穿つように腰を跳ねあげた。

「ああん、いいっ、突き刺さるっ、奥まで突き抜けちゃううっ……」

麻奈美はうわ言のように繰り返しながら、翼の突きあげに身を委ねている。

くぢゅ、ぐちゅっ……。

深く繋がった男女の結合部からは湿っぽい音があがり、白っぽく泡立った蜜液が滲み出していた。

「はあっ、気持ちいいっ、頭がヘンになっちゃいそう」

翼の上に騎乗した麻奈美は背筋を大きくしならせた。両膝は翼がしっかりと握り締めているが、駆けあがってくる快感に身体が不安定になるのはいかんともしがたいようだ。

肢体を大きくのけ反らせた麻奈美は左手を床についた。身体が反り返ったことで、結合部がますます露わになる。

「いいのっ、すごく、いいのぉっ……」

麻奈美の右手が、翼の肉槍を咥え込んだ淫唇へと伸びる。

「ああん、ぬるんぬるんのぐちゅっ、ぐちゅになっちゃってるっ……」

　あまりの濡れ具合に驚いたように、右手の指先の動きが一瞬止まる。しかし、次の瞬間、右手の人差し指で、充血して大きさを増したクリトリスを小さく円を描くように刺激しはじめた。

「はあ、クリちゃんもこんなに大きくなっちゃってる」

　普段は薄膜に覆い隠されている淫蕾は勃起したペニスのように大きさを増し、薄いフードから半分ほど顔を出している。

　麻奈美は翼の突き上げを喰らいながら、人差し指でクリトリスを刺激している。淫らな悦びを味わい尽くしたいという、三十路の人妻の執念みたいなものが伝わってくる。

「麻奈美さんって本当にいやらしいんですね」

「だっ、だって……久しぶりなんだもの。オチ×チンが奥まで当たって、頭の芯までずんずん響くみたいなの……。クッ、クリちゃんも気持ちいいっ……」

　麻奈美は翼の下腹部に跨ったまま、なよやかに腰を振りたくった。指先でクリトリスを刺激するたびに、蜜壺がきゅん、きゅんと甘やかに男根を締めあげてくる。

　彼女の口の中に一度発射しておかなければ、きっと秒殺で暴発していたに違いない。

熱く煮蕩けた膣壁が細やかな肉襞をさざめかせながら、ペニスに取り縋ってくる。

赤っぽく充血し、大きさを増したクリトリスをまさぐる彼女の指使いが激しくなる。下から上へと、まるで薄い肉膜を剝きあげるみたいな動かしかただ。

「ああ、いいわっ、はあっ……」

最初は緩やかなタッチだった指使いが速さを増すとともに、彼女の息遣いが短く切羽つまったものに変化していく。

「んんっ、もっ、もう感じすぎちゃう。オマ×コちゃんがおかしくなる。おかしくなっちゃうのぉっ……」

わずかに頭をもたげた翼の視界からは、年下の男の腰の辺りに騎乗し、自らの淫核を指先で激しく弄る麻奈美の痴態が丸見えだ。

「はあっ、ぼっ、僕だって……」

翼も狂おしげな声を洩らした。一度射精しているはずなのに、淫嚢の表面が波打つようにうねうねと蠢き、身体の深い部分から湧き出す歓喜を訴えている。

「ああ、ぼっ、僕だって我慢ができませんっ」

翼は前歯をくっと嚙みしめた。蜜壺に埋め込んだペニスがびくびくと蠢き、射精が近いことを伝えている。

「あんまり締めつけないでください。もっ、もう限界ですぅ」

麻奈美の膝を摑んだ指先に、知らず知らずの内に力がこもる。

「わっ、わたしだって気持ちよすぎてダメになっちゃうっ……。はあっ、イッ、イッちゃいそうっ……」

翼に身体の芯を貫かれながら、麻奈美はFカップの熟れ乳を突き出し、半開きの唇から短く息を吐き洩らす。

ふたりはほんの一時間前までは、見ず知らずの関係だった。それなのに、今はこんなにも互いの体温を感じあっている。

内なる昂ぶりに麻奈美の頰や胸元がうっすらと紅潮している。それがたまらなく艶っぽく思える。

翼は大きく息を吸い込むと、渾身（こんしん）の力で腰を跳ねあげながら両手でしっかりと摑んだ彼女の肢体を前後に激しく揺さぶった。

「ああっ、すごすぎるぅっ、オチ×チンの先が子宮口にもろに当たってるっ。ああん、奥まで入っちゃいそうなほどよぉ」

牡の本能を煽るような言葉を口にしながら、麻奈美は自らも腰を揺さぶった。まるで身体の中心部をぶつけ合っているみたいだ。男女の卑猥な淫液が交ざり合い、ぐちゆっ、ぢゅくっと卑猥な音色を奏でている。

「はあっ、いいっ、いいのぉっ、イッ、イッちゃいそうっ……、あーん、いい？　イッちゃってもいい？」

「ぼっ、僕だって……とっくに限界を超えてます」

「イッて、一緒にイッて……。わたしのオマ×コちゃんを精液でいっぱいにしてっ」

「だっ、発射すよ。麻奈美さんのオマ×コの奥に思いっきり発射しますよ！」

「いいわっ、発射してっ。濃いのを思いっきり発射して。ああんっ、イクッ、イッちゃうーぅっ！」

麻奈美が射精をねだるみたいに熟れたヒップを左右にくねらせた瞬間、これ以上奥までは入らないほどに深々と突き入れた男根の先端から、熱い白濁液がびゅっ、どびゅっと荒々しく噴きあげてくる。

「ああんっ、熱いのが……熱いのが……いっぱい射精てきてるっ！」

つま先立ちになった不安定な姿勢の麻奈美はわなわなと身体を震わせながら、法悦の喘ぎを迸らせた。

エクスタシーを迎えたヴァギナは不規則なリズムで、これでもかとペニスを締めつけてくる。まるで一滴残らず搾り取ってやると言っているみたいだ。

後ろ手で身体を支えていた麻奈美はよろけるみたいに、翼の胸元に倒れ込むと愛おしげに唇を重ねてきた。

にゅっ、にゅぷっ……。

銀色の唾液を口移しで飲ませ合うみたいに、ふたりは繋がったまま舌先をねちっこく絡め合った。

しばらく余韻に耽った後、麻奈美は晴れやかな笑顔を浮かべると、翼の耳元に唇を寄せ、

「上のお口と下のお口にたっぷりと精液を飲ませてもらったから、お肌が艶々になっちゃったわ」

と人妻とは思えない淫猥な言葉を囁いた。

「出前を注文するときには、必ずリクエスト欄に記入してね。そうしたら、また会えるかも知れないじゃない？」

名残り惜しさを伝えるように、麻奈美はもう一度唇を重ねてきた。

第三章　抑圧された熟れ妻の性

まだ二回しか『Wober』を利用していないのに、二回とも人妻と肉体関係を持てたことが翼には信じ難かった。それも向こうから誘惑される形でだ。

若い男にとって、それは憧れの極みともいえるシチュエーションだ。まるで淫靡な白日夢でも見ていたような気になってしまうが、それは紛れもない事実だった。

剛史はといえば、相変わらず週に二度程度は『Wober』を利用しているにもかかわらず、艶っぽい話にはいっこうに恵まれていないようだ。

年齢はひとつしか違わないが、なにかと先輩風を吹かせたがるところがある剛史のことだ。出前を届けに来た人妻相手に美味しい思いをしたら、間違いなく自慢話をするに決まっている。

なのに居酒屋などでグラスを交わすたびに出るのは、どうやったら配達員の人妻を落とせるのかという話ばかりだ。

些細な勝負ごとに負けた少年みたいにムキになっている剛史を見ていると、『リクエスト欄にこういう書き込みをすればいいんだ』と教えてやりたい気もしたが止めておいた。

樹里や麻奈美が口にしていたのは、相手が好みのタイプの場合はそういうことになることもあるということだった。

リクエスト欄の秘密を知った剛史が書き込みをしたとしても、絶対に叶うという保証はない。あくまでも最終的な選択権は出前を届ける女性配達員にあり、彼女達のお眼鏡に適わなければ単に出前を届けて終わりだと聞かされていたからだ。

偶然、リクエスト欄の秘密を利用してしまったけど、どうして僕とエッチなことをしたんだろう……。

そんな疑問も湧いてくる。剛史がからかい半分で口にしたこともあったが、翼はどちらかといえば童顔で実際の年齢よりも若く見られることが多い。

そうかといっていわゆるアイドル顔でもなければ、若い女などが好みそうなチャラチャラしたタイプでもない。

本当に普通っぽい感じの二十五歳の男なのだ。おまけに女性に対しては積極的にモーションをかけることもできない草食系男子ときている。

もしかしたらと思い当たることがある。樹里も麻奈美も家庭生活に波風を立てるようなつもりは欠片もないということだ。

軽い気持ちで関係を持った相手がガツガツしたタイプの男で深追いでもされたら、厄介なことになりかねない。

それを考えれば、見るからに大人しそうに見える翼は彼女たちにとっては束の間の関係を楽しむにはちょうどいい相手なのかも知れない。

匂い立つようなオトナの女の色香で、年下の男を誘惑してきた彼女たちのことを思い返すとそんなふうに感じた。

相手が遊びと割り切っているならば、弄ばれるフリをして楽しんだっていいんじゃないか……。

童貞ではないが、決して女性経験が豊富とはいえない翼の考えかたが少しずつ変わりはじめたのは、年上の女性の肢体とテクニックに籠絡され続けたからだ。

麻奈美とのセックスから一週間が経過した。

さて、今日はなにを頼もうかな……。

午後二時を回った頃、『Wober』のメニュー画面を見ながら、翼は食欲ではなく性欲が湧きあがってくるのを感じた。

樹里や麻奈美との経験から人妻はランチタイムを狙って稼働し、夕食の支度などのために早めに仕事を切りあげることが多いと感じていた。

一般的な企業は土日休みが多いことを考えると、夫の休みに合わせなければならない人妻は土日にはあまりシフトを組んでいないようだ。

それを考えれば、平日が休みというのもチャンスが増えることになる。剛史からの情報もあって、翼はだいぶ知恵をつけていた。

アプリのリクエスト欄は人妻に対するアピールだ。もちろん絶対ではないが、リクエストを書き込まなければなにもはじまらない。

翼はリクエストができるメニューを探した。もはやなにが食べたいというよりも、リクエストができるか否かが重要になっていた。

最近は糖質制限ダイエットをする人間が増えたことにより、つけ合わせの野菜のコーンをブロッコリーにチェンジするサービスもある。翼はそのサービスに目をつけた。

ステーキ弁当を選ぶと、つけ合わせのコーンをブロッコリーに変更してくれるようにリクエスト欄に書き込む。

三十分ほどすると、玄関のチャイムが鳴った。のぞき窓から確認するのさえまどろっこしく思えて、玄関で待ち構えていた翼は即座にドアを開けた。

「お待たせしました。ご注文のお品を届けにきました。『Wober』の慶子です」

チャイムがなるとほぼ同時にドアが開いたことに、慶子は少し驚いたようだ。切れ長の瞳をかすかに見開いて、翼を見つめたがすぐに口元に笑みを浮かべた。

年の頃は三十歳くらいだろうか。明らかに翼よりは年上だろう。

メイクはかなり控えめだが、細面で涼やかな目元と小さめの唇が上品な感じの正統派の美人だ。肩甲骨よりも長い黒髪はさらさらとしていて、日本人形みたいな雰囲気を醸し出している。

桃の花よりも色鮮やかなピンクのポロシャツよりも、シックな色調の和服のほうが似合いそうに思える。下半身を包んでいるのは、濃いめのグレーのサイクリング用の膝上丈のパンツだ。

ほとんどノーメイクに見える状態でこれだけの美貌なのだから、プロが本格的にメイクを施したら女優みたいな雰囲気になるに違いない。配達バッグが大きく見えるくらいに華奢な身体つきをしているのに、胸元だけはこんもりと隆起している。

翼は楚々とした風情を漂わせる慶子の容姿に、暫しの間見惚れていた。少々不躾とも思える視線に気づいたのだろうか。慶子は翼に向かってすっと視線を向けると、

「すみません。ずいぶんとお待たせしてしまいましたか？」

としっとりとした口調で問いかけてきた。

「いや、そんなことはないですよ」

顧客の機嫌をうかがうような慶子の言葉に、翼は慌てて右手を胸元で左右に振る仕草で否定した。

「だって、玄関でお待ちになっていたみたいだから」

「ああ、それは……」

翼は曖昧に答えた。これでは下心丸出しでいたと思われかねない。実際のところはいまかいまかと心をざわつかせながら待っていたのだが、それが透けて見えると、がっついたやつだと思われてしまいそうだ。

「もうこんな時間ですものね。遅いランチだとしてもお腹が空いてますよね」

動揺を隠そうとする翼の胸中に気づかないように、玄関のたたきに足を踏み入れた慶子は軽やかな笑みを浮かべると、配達用のバッグから弁当を取り出し手渡した。

「ずいぶんと遅めのランチなんですね。ちょうど上がろうかと思っていたときに注文が入ったから、今日はこれで終わりなんです」

「あっ、そうなんですか？」

「うちは主人がいろいろとうるさくて。外にお買い物に行ったり、女友達と会うといってもいい顔をしないんです。だから、週に二回だけここでアルバイトをしているんです。アルバイトだったら、外出しても文句は言えないだろうと思って」

唐突とも思える慶子の言葉。翼はこれはアタリを引けたかと思い、その真意を探ろうとしたが、ミステリアスな雰囲気が滲む彼女の表情からはなにも読み取れない。それでも、左手の薬指に指輪をはめた人妻が、すぐには帰らないことに望みをつなぐ。

「そうそう、ご注文のご確認がまだでしたね。ステーキ弁当のつけ合わせのコーンをブロッコリーに変えて欲しいとのことでしたが、それでお間違えはございませんか？」

「ええっ、大丈夫です」

「糖質ダイエットが流行っているせいか、たまにリクエスト欄に書かれるお客さまがいらっしゃるんですが、ダイエットが必要な感じには見えませんね。もしかしてコーンがお嫌いなんですか？」

「あっ、いや……」

「それでは、ブロッコリーが大好きとか？」

「あっ、それは……まあ……」

想定外の問答に上手い返しが思いつかない。翼は落ち着きなく視線を泳がせた。

慶子の仕事は出前を手渡した時点で完了したはずだ。しかし、彼女は切れ長の瞳をわずかに細めて尋ねてくる。その瞳の奥には好奇心が垣間見える気がした。

「それとも、リクエスト欄に書く条件を探していたとか？」

「えっ、条件って……」

いきなり核心をついてくる慶子に、翼は言葉を詰まらせた。

「もしかしたらリクエスト欄の秘密を知っているんじゃないのかしらと思って……」

「えっ、リクエスト欄って言われても……」

翼はあくまでも偶然を装おうとした。しかし、下心があるのを見抜かれているようで、わずかに声が裏返ってしまう。

「やっぱり……」

最初から気づいていたと言いたげに、慶子は艶っぽい笑みを浮かべた。

「コーンをブロッコリーに変えてくれなんて、あんまり入らないリクエストだからもしかしたらって思ったんです。やっぱりそうだったのね。ねえ、リクエスト欄のことは誰に聞いたんですか？」

「いや、それは本当にたまたま偶然で……その……」

翼はしどろもどろだ。

「面白いですね。偶然が重なったってことかしら。配達員の人妻がエッチなことをしてくれるって噂が流れているのは知っているけれど、ほとんどのお客さまはリクエスト欄が合図になっていることには気づいていないのよ。もちろん、アプリの運営だって気づいていないと思うわ。うちは配達員が女性だけだから、期待を込めてそんな都市伝説みたいな噂が流れているって考えているんじゃないかしら」

目の前で年下の男が狼狽(うろた)えるさまに、慶子は悠然と笑ってみせる。涼やかに見えた目元にはそこはかとない色香が滲んでいる。

「だけど、そんなこと……」

「言ったでしょう。うちは主人がいろいろと口うるさいの。普段は化粧はするな。派手に見える髪形はするな。服も地味にしろって。わたしはまだ三十歳なのよ。お洒落だってしたいし、たまには女友達とランチくらいはしたいのに。結婚する前はなんでも言うことを聞いてくれる男(ひと)だって思っていたのに、結婚した途端、わたしを家の中に縛りつけて外にも出してくれないんだもの。ストレスだって溜まるに決まってるわ」

慶子は夫への不満を口にした。三十歳だと打ち明けたが、肌の色艶を見ると二十八歳くらいにしか見えない。

　ましてやほとんどノーメイク状態でも、翼が息をするのも忘れそうになるほどの美形なのだ。彼女を他の男に見られたくない。自分だけのものにしておきたいという夫の心情も同性としてわかるような気もした。

「それで、あなたはいったいどんなことを期待して、コーンをブロッコリーに変えてみたのかしら？」

「どんなことって言われても……」

　翼はうら若い女の子のようにもじもじとした。元々、口が達者なほうではない。妙齢の美女に意味深なことを囁かれたら、どう答えていいのかわからなくなってしまう。

　言いよどむ最大の原因は、慶子がどんな答えを求めているのかがわからないことだ。

「あのね、私、はじめは外に出る口実のためにアプリの仕事をはじめたの。自転車に乗って颯爽と走り回っていると、日頃の嫌なことを忘れられたから。でも、リクエスト欄のことを知ったあとは、もっと楽しい身体の使いかたがある、って気がついたの。それ以来……。ね、わかるでしょう？」

　慶子は華奢な肢体をなよやかにくねらせてみせた。ファンデーションさえつけていないかのように、肌がきめ細かく自然な艶を放っている。綺麗な曲線を描く二重瞼もアイシャドウで彩られてはいなかった。

人妻の美貌に華を添えているのは、唯一唇に塗られた淡い桜色のルージュだけだ。それもパールなどが入った華やかなものではなく、しっとりとした感じに見えるマットなタイプのルージュだった。

「ねえ、どきどきしてる？」

慶子の囁きに翼は小さく頷いた。

「わたしもよ、主人と一緒にいたって胸がときめいたりすることなんてないのに。こんなふうに他の男の人とふたりっきりになると、心臓が飛び出しちゃうんじゃないかって思うくらいにどきどきしちゃうの。嘘じゃないのよ。確かめてみて」

言うなり、慶子は翼の右手を胸元に引き寄せた。ほっそりとしている肢体には似つかわしくないほど、胸元は魅惑的な曲線を描いている。

「あっ……」

翼の唇から小さな驚きの声が洩れる。Eカップはあろうかという乳房に触れたからだけではない。慶子は熟れ乳の弾力を確認させるみたいに、翼の手の甲に自らの手のひらを重ねて押しつけてくる。

ポロシャツの布地越しにも、乳房がしっかりとブラジャーに覆い隠されているのがわかる。

「あら、意外と初心なのね。いいのよ、おっぱいを揉んでも」

年上の慶子が甘えた声で囁く。最初に会ったときとは明らかに声のトーンが違ってきている。やや鼻にかかった声が、翼の牡の部分を刺激する。

「あーんっ、いいわ。いい感じよ。ねえ、もっと荒っぽい感じで揉んでみて」

翼は手のひらからはみ出すサイズの豊乳に、指先をむぎゅっと食い込ませた。

慶子は肢体を揺さぶると、胸元をさらに突き出してはしたないおねだりをした。せがまれるままに、指先にがっちりと力を込めやや乱暴なタッチで揉みしだく。

「はあ、すてきっ、年下の男の子におっぱいを揉み揉みされてると思うと、すっごく興奮しちゃうっ。主人なんて束縛はするのに、夜の方はほったらかしなんだもの」

慶子はうっとりとした声を洩らしながら、翼の体躯にほっそりとした指先を伸ばしてくる。

樹里や麻奈美は女らしさを引き立てる、色鮮やかなマニキュアを塗っていた。透明なマニキュアを塗った指先が、いかに慶子にはお洒落をする自由が少ないかを物語っているみたいだ。

翼の身体に忍び寄った指先は迷うことなく、翼の下半身をそっと包み込んだ。いきなり肉竿をしごくように弄るのではなく、玉袋の辺りにやんわりと指先を食い込ませる。

オナニーのときに右手でペニスをさすりあげながら、左手の指先で淫嚢をまさぐることはある。しかし、人妻の指先が玉袋にソフトに食い込むと新鮮な悦びが込みあげてくる。

「いいのよ、感じたら色っぽい声を出したって。男の人のいやらしい声を聞くと、ますます興奮しちゃうの」

慶子は悪びれるようすもなく、ほっそりとした指を軽やかに動かした。淫嚢の中に納まった、ふたつの睾丸同士をこすり合わせるように指先を操る。

「はあっ、気持ちいいですっ……」

翼はくぐもった声を洩らした。知らず知らずの内に下半身が不自然に蠢いてしまう。

「ねっ、せっかくなんだもの。たっぷりと楽しみましょう」

年上の女の余裕を見せるように、慶子は意味深な言葉を口にすると、瞳を閉じ形のいい唇を突き出した。

思えば、口づけを交わす前に互いの乳房や下腹部をまさぐり合っている。普通ならば、雰囲気を作るためにもキスからはじめるのが情事の手順だろう。

普通の関係ではないと改めて思い知らされるみたいだ。それが逆に身体を、心を昂ぶらせていく。

翼とのセックスへの期待とかすかな緊張からか、アイシャドウを塗っていない慶子のまぶたがかすかに震えている。長いまつ毛がくるりと綺麗なカールを描いていた。

顔を近づけると、かすかにフローラル系の香りが漂ってくる。それは首筋などから漂ってくる香水の香りではなく、長い黒髪から発せられるシャンプーの残り香だった。

過剰とも思える夫の束縛に耐えている化粧っ気のない容姿と、大胆さを感じさせる性への執着のギャップがたまらなく男心を駆り立てる。

翼は口を半開きにすると、薄めだが形のよい唇に押し当てた。

ふわりとした感触で唇が重なると、慶子ははぁーんと甘えた声を洩らして唇を開いた。しっとりと濡れた舌を先に伸ばしてきたのは慶子のほうだった。

翼の舌先に触れた途端、まるで軟体動物のようにねちっこいタッチで絡みついてくる。その間も下腹部を悪戯する指先が止まることはない。

「んんっ……」

「はぁんっ……」

ふたりは悩乱の声を洩らしながら、舌先をすすり合い、男女の身体の違いを確かめ合うように、象徴的なパーツを指先で撫で回した。

「ふふっ、もうこんなに硬くしちゃって……」

淫嚢をこねくり回していた指先が、ようやっとペニスへと這いあがってくる。まるでもったいをつけることで、年下の翼を焦らしているみたいだ。

「がちがちで指を押し返してくるわ」

とろみのある声で囁くと、慶子は左手を翼の首筋に回し、もう一度唇を重ねてきた。

「感じちゃうっ、はあっ、立っていられなくなっちゃうっ」

熱い吐息交じりの声で耳元で囁かれると、脳幹の辺りにずぅんと響くみたいだ。

「ぼっ、僕だって興奮してますよ」

翼は玄関なので部屋着を着て、裸足にサンダルをつっかけた格好だ。慶子は足元にはグレーのソックスとスニーカーを履いている。彼女は下半身を揺さぶりながら、スニーカーから足を引き抜いた。

ふたりは縺れ合うように、奥のリビング兼寝室にある翼のベッドへと倒れ込んだ。慶子を受け止める形で翼が下になる体勢だ。

「あっ、鍵を……」

鍵を閉めていないことに気付いた翼が声をあげた。

「いいじゃない、そんなの。こんな時間に誰かが訪ねてくるわけないでしょう。それともこれから恋人でも会いに来るの？」

「いや、恋人とかいないし。誰かが来る予定もないけど……」

「だったら、いいじゃない。それに、こういうのも刺激的だと思わない？」

慶子は金属製のドアのほうをちらりと見やると、平然と言ってのけた。清楚な雰囲気が漂う人妻とは思えない、大胆すぎる言葉だ。翼は尾てい骨の辺りがじぃんと痺れるような感覚を覚えた。

「ねえ、脱がせて」

慶子は甘ったたれた声で囁くと翼に抱きつき、身体を反転させた。これで翼が慶子の上に覆い被さった体勢になる。翼はポロシャツの裾を両手で摑むと、ゆっくりとそれをたくしあげた。

スレンダーな肢体が徐々に露わになる。特にくっきりとくびれたウエストのラインは見事のひと言だ。かなり細身（ほそみ）なので、かすかに肋骨が浮きあがって見える。

シャツの裾がめくれあがるにしたがい、ナチュラルなベージュのブラジャーが現れる。ブラジャーはレースなどの装飾がほとんどない、シンプルなデザインだ。

それだけに牡の視点は、こんもりと隆起した乳房のふくらみに注がれる。ホールド力に優れたカップのせいもあって、Eカップの美乳は綺麗なふたつの丘陵を描いていた。

慶子は万歳をするようにして、ポロシャツを脱がせる翼の手助けをする。慶子の上半身がベージュのブラジャーだけになったところで、翼も身に着けていた半袖のTシャツを忙しなく脱ぎ捨てた。

「男の人に見られてると思うと感じちゃうっ。ねえ、ブラジャーを外して」

年齢は五歳上だが慶子は甘え上手だ。じっと見つめられると、言うことを聞かずにはいられない気持ちになってしまう。翼は上半身をわずかに浮かびあがらせた慶子の背中に両手を回した。

思えば、翼がブラジャーの後ろホックを外すのは生まれてはじめてのことだ。上手く外すことができるかと考えるだけで、心臓の鼓動が高鳴ってしまう。指先の感覚だけで、ブラジャーを繋ぎ留める鍵ホックのありかを探す。

それは想像していたよりも小さな留め金具で、二段構えになっていた。翼は指先に神経を集中させると、感覚だけを頼りにホックをぷちんと外した。

「あんっ」

慶子の切なげな吐息とともに、留め具が外れたブラジャーがしどけなく肢体から離れ、量感に満ちた乳房がまろび出た。

　牡の視線に晒されていることに昂ぶっているのだろう。未完熟のサクランボのような色合いの乳暈がきゅっと収縮し、乳首が筒状ににゅっと尖り立っている。まるで吸いついてと誘っているみたいだ。

「ねえ。おっぱいを可愛がって」

　慶子は破廉恥なおねだりを口にした。翼はごくりと喉を鳴らすと、直径一センチほどの右胸の頂きにむしゃぶりついた。左胸は右手で鷲掴みにして指先を食い込ませる。

　わざとちゅぱっ、ちゅぷっと音を立てて可憐な果実を吸いしゃぶる。舌先を巻きつけるようにしてずずっと吸いあげると、慶子の声が甘やかさを増していく。

「はあっ、感じちゃうっ……。身体が火照（ほて）っちゃうっ」

　翼の体躯の下で、慶子は悩ましげにスレンダーな肢体をくねらせる。ほっそりとした両の太腿をもぞもぞとさせる仕草が艶っぽい。

「ねえ、脱いで。見たいの、あなたのオチ×チンが見たいの」

　慶子の囁きが耳の奥深くに忍び込んでくる。己のペニスを人妻に見られることを恥ずかしいという気持ちよりも、どんなことをされるのかという卑猥な期待が翼の胸中を支配している。

短パンを脱ぐと、下半身を覆うのはトランクスだけになる。休みの前日ということもあって、昨夜は自身の手で一度発射しておいた。

それなのに、若い身体は貪欲に爛熟した女体を求めている。トランクスのフロント部分はぴぃんと張りつめ、ふしだらな粘液がシミを作っていた。

「ああん、美味しそう。ねえ、この格好だとおしゃぶりがしにくいわ。ねえ、シックスナインの格好になりましょう」

人前では絶対に卑猥な言葉など口にしそうもない慶子の唇から飛び出したシックスナインという単語に、トランクスの中で肉茎が過剰なくらいに反応してしまう。

フェラをされたこともクンニも経験がある。ただ、それは体位をずらして相手の局部に頭部を埋めるような体位でだ。

相手の頭部に下半身を向け合うような体勢で、秘部を愛撫し合った経験はなかった。もちろんシックスナインがどんな体位を意味するのかくらいはわかっている。未知なる快感を想像するだけで、胸板が上下し荒い呼吸が洩れてしまう。

翼は両膝を踏ん張ると、床に仰向けに寝そべった慶子の上で身体の向きを百八十度回転させた。これで翼が上になったシックスナインの体勢になる。

膝上丈のグレーのサイクリング用のパンツに包まれた下半身が、翼の顔面に迫ってくる。くびれたウエストのラインからちらりとのぞく、縦長のヘソの形さえセクシーに思えた。

「もう、トランクスをこんなに濡らしちゃうなんて。もしかして溜まってるの？」

溜まってるというストレートすぎる言いかたも見るからに下品そうな女性が口にしたら興醒めだが、妙齢の美女が口にすると男を誘う極上の口説き文句のように思えてしまうから不思議なものだ。

慶子の指先がトランクスへと伸びてくる。トランクスを腰から引きずりおろすのではなく、飾りみたいなボタンがついた前合わせ部分に指先を潜り込ませると、きちきちに血液を漲らせた肉柱を少し強引に引きずり出す。

まるでトランクスからペニスがにょきっと生えているみたいだ。完全にトランクスを脱ぎおろすよりも卑猥に見える。

「はあん、スケベなお汁まみれだわ。すっごくエッチな匂いがしてる……」

慶子はゆっくりと瞳を瞬かせると、鈴口から先走りの粘液を滴り落とす亀頭に鼻先を近づけて、若牡の局部が放つ匂いを嗅いでいる。

「あっ、そんな……」

思えば、今日はまだシャワーを浴びてはいない。昨夜寝る前にオナニーをしているので、その残滓の匂いが残っているかも知れない。

急に気恥ずかしさが込みあげてくる。翼は恥じらう乙女のように下半身を揺さぶった。それが慶子には挑発的な仕草に映ったのだろうか。

慶子はトランクスから飛び出したペニスの根元に近い部分をしっかりと握り締めると、亀頭に向かってラズベリーのような色合いの舌先を真っ直ぐに伸ばしてきた。

年下の男の反応を楽しむみたいに、もう少しで亀頭に触れるというところで舌先の動きを止めてもったいをつける。

昨夜の自慰行為の名残りが残っているかも知れないペニスを舐められる恥ずかしさと、見るからに柔らかそうな舌先でゆるゆると舐め回されたいという欲望が、翼の胸の中で鬩ぎ合う。

慶子の口元を凝視しながら、翼は懊悩の喘ぎを洩らした。焦らされれば焦らされるほど、尿道口から淫らな牡汁が噴きこぼれてくる。それは糸を引いて、慶子の舌先に滴り落ちそうだ。

「ああ、はっ、早くっ……」

翼は淫欲に逸る言葉を口走った。慶子に跨っている太腿の内側がかすかに震えてしまう。

「早くって、なにをして欲しいの？　教えてくれないとわからないわ」

　年上の女は、ときに少しだけ意地悪だ。自分からシックスナインの体勢になりたいとねだったクセに、わざと卑猥なリクエストを言わせようとする。

「はあっ、焦らさないでください。言ったじゃないですか。おしゃぶりをしてくれるって……」

　亀頭からじゅくじゅくと溢れる淫液は、いまにも慶子の口元に垂れ流れそうだ。翼は癇癪を起こした子供のように体躯を揺さぶった。

「もう、可愛いんだから。そういうふうに拗ねるところを見ると、いじらしく思えちゃうっ……」

　言うなり、慶子の舌先がぬらぬらとぬめ光る亀頭をでろりと舐めあげた。

「ああっ……オチ×チンが痺れるみたいだぁ……」

　もったいをつけられたことで、全身の感覚が研ぎ澄まされているみたいだ。四つん這いの格好になっている翼は背筋をのけ反らせた。

　背筋を快感の電流がぴりぴりと駆け抜ける。翼は半開きの口元から悩ましい喘ぎを洩らした。

「そんなエッチな声を聞くと、お姉さん、もっと張りきっちゃうんだからぁ」

慶子は嬉しそうに声を弾ませると、淫らな粘液にまみれた裏筋の辺りにちろちろと舌先を這わせた。

緩急をつけた舌使い。それも男の弱い部分に的確にクリーンヒットする。翼は息を乱すばかりだ。あまりの心地よさに、快感の海に身を委ねてしまいたくなってしまう。このままでは、昨夜オナニーで抜いておいたというのに、人妻の淫戯の前にあっけなく発射してしまいそうだ。

しかし、それではあまりにも情けない。甘美感に身悶える翼の目の前には、食べ頃を迎えた人妻の下半身があるのだ。

一方的に快楽を享受するだけでは、漢気のないガキだと馬鹿にされてしまいそうだ。

翼は気合いを入れ直すように喉を鳴らした。大きく深呼吸をすると、背筋をざわざわと這いあがってくる快感を強引に抑え込み、慶子の下半身を包む膝上丈のパンツに手をかける。

「あっ、あーんっ……」

年下の男の反撃に、今度は慶子が艶っぽい声をあげる。くびれたウエストのラインのすぐ真下にある膝上丈のグレーのパンツの上縁を掴むと、下半身にぴったりと張りつくような素材をゆっくりと引き剝がし、足首から引き抜いた。

慶子の下腹部を包んでいるのは、ブラジャーとお揃いのベージュのシンプルなショーツだけになる。面積が少ないビキニタイプではないのは、おそらくは独占欲が強いという夫の好みなのだろう。

刺繍やレースといった余分な装飾がないだけに、うっすらと隆起した恥丘の形がもろにわかる。

「あーんっ、恥ずかしいわ」

翼の熱い視線を感じたのだろう。慶子は羞恥を口にすると、ほっそりとした下半身をくねらせた。スレンダーだが、太腿の辺りは見るからに肉質が柔らかそうだ。

それでも、慶子はペニスに食い込ませた指先を離そうとはしなかった。

ああっ、こっ、このショーツの下に……。

翼は息を凝らして、ショーツを観察した。太腿をすり合せるたびに、その付け根の辺りから甘酸っぱい牝の匂いが漂ってくる。

「慶子さんのアソコからいやらしい匂いがしてきますよ」

「あんっ、そんなエッチなこと、言わないで……」

指先で肉柱をソフトなタッチで上下にさすりあげながら、なおも舌先をねっとりと絡みつかせてくる。

翼がすらりとした下腹部を覆い隠すショーツに両手で摑んだ瞬間、慶子は長い黒髪を乱して、

「ああーん、見られちゃうっ。見ちゃいやぁんっ……ダメッ、見ないでっ……」

と恥辱(ちじょく)に染まった声をあげた。だが、ここまできて止まるわけがない。翼は指先に力を込めると、下半身を波打たせる慶子の肢体からショーツを奪い取った。

「えっ……？」

翼の口から驚嘆の声が洩れる。すっきりとした切れ込みが入った恥丘には、あるべきものがなかったからだ。

「ああん、だから……見ちゃダメって言ったのにぃ……」

下半身をうねらせる慶子の唇から掠れた声が洩れる。女丘には、そこに生い繁っているはずの草むらがいっさいなく、まるで幼子のようにつるんとして見える。

思わず、翼はなめらかな肌色を見せる丘陵に指先を伸ばした。指の腹に感覚を集中させると、わずかにちくちくとしたものの手触りを感じる。

「こっ、これって……？」

「言ったでしょう。うちの主人は束縛が半端じゃないの。お付き合いをはじめて間もない頃から、浮気ができないようにってアソコの毛を剃(そ)られているの。昔は主人が剃

っていたけれど、いまは自分で剃っているの。夜のほうはさっぱりだっていうのに、あの人は独占欲が強くて……。伸ばそうと思ったこともあるけれど、伸ばしたらしたで主人に浮気を疑われそうで伸ばせないのよ」

慶子は隠していた、女として恥ずかしすぎる秘密を打ち明けた。

「でも、おかしいのよ。パイパンだと逆に興奮するっていう男も少なくないのよ。ねえ、どう思う。やっぱりヘンかしら。それとも興奮しちゃう？」

見られてしまったことで、慶子の中でなにかがぱちんと弾けたようだ。若牡の性臭を貪るようにペニスに喰らいついてきた。頬の内側の粘膜を密着させ、舌先をにゅるりと巻きつけてくる。

ここまでされては、翼も応戦しないわけにはいかない。それどころか、人妻にあるべきはずの淫毛がないことが翼を昂ぶらせていた。

慶子の夫はパイパンにしておけば浮気防止になるかと思っているようだが、それは逆効果のように思えた。ただでさえ若牡らしい逞しさを漲らせた肉柱がいっそう硬くなり、下腹につくように弓状に反り返る。

「興奮しますよ。パイパンのオマ×コを見たら、興奮するに決まってるじゃないですか」

ネットなどで目にするエロ画像では、パイパンの下半身を見たことはあるが、実際に目の当たりにすると、Ｅカップの乳房との落差に心臓がばくばくと音を立てる。

翼は両手で慶子の両足を左右に大きく割り広げた。恥丘だけではない。大淫唇も綺麗に剃りあげられている。

若草が一本も生えていないせいで、縦長の媚肉はまるで鮮度がいい生牡蠣（なまがき）みたいだ。繊細な造りがよく似ている。生牡蠣の貝柱の部分がクリトリスと重なる。

翼はひらひらとした花びらを両手の指先を使い左右に押し広げると、花びらと大淫唇の間をちろりと舐めあげた。

「ああん、恥ずかしいのに感じちゃうっ……。パイパンのオマ×コを見られてる。舐められちゃってるっ」

慶子は惑乱の喘ぎを洩らしながら、頭を左右に振った。さらさらとした長い黒髪が、うっすらと汗を滲ませる頬に数本張りついているのがなんとも色っぽい。

翼はすらりとした太腿の付け根にむしゃぶりついた。自転車のサドルに跨っていた媚肉は、甘ったるい牝蜜の匂いの中にわずかに汗の匂いを忍ばせている。それがなんとも生々しく思えた。

翼は頭を左右に振りながら舌先を操った。繊細な二枚の花びらが、舌先での愛撫によって粘膜の色合いを濃くしている。それだけではなく、わずかに厚みも増していた。

翼は首を上下させるように動かしながら、女の切れ込みに舌先を密着させた。花びらのあわいからとろんとした潤みが溢れ出してくる。

うるっとした女蜜を舌先にたっぷりと載せて、敏感な部分を軽やかなタッチで愛撫すると慶子の声が切なさを増していく。

天然のローションのような蜜液によって、舌先がすべるように女花の上を舞い踊る。

「ああん、いいわっ、そこっ……。感じちゃうっ、オマ×コが蕩けちゃうっ……」

花びらの頂点で息づく淫核に舌先が触れると、慶子は胸元を大きく喘がせて悩ましい声を洩らす。

「気持ちいいの、もっと舐めて……オマメが感じちゃうのっ……オマメ、オマメを舐めてえっ……」

慶子は聞いているほうが恥ずかしくなるような淫靡なおねだりをした。このところ人妻との関係を重ねているが、童貞に毛が生えた程度の翼でも慶子が口走るオマメの意味くらいはわかった。

慶子の言葉のとおり、充血してぷっくりとふくらんだクリトリスはまさに豆を連想させる。下品な例えをするとしたら、肉厚の上等な赤貝の上にイクラをひと粒載せたみたいだ。

翼は舌先をつんっと尖らせると、女貝の中に息づく真珠を下から上へと舐め回した。それは自らの指先でクリトリスを指先で下から上へとリズミカルに刺激して昇り詰めた麻奈美の指使いを真似るような舌使いだ。

「あはあっ、いいっ、オマメがじんじんしちゃうっ。感じすぎて、オッ、オマメがどこかへ飛んでいっちゃいそうっ……」

「慶子さんってていやらしいんですね。きっと旦那さんが聞いたらびっくりしちゃいますよね」

「ああん、意地悪なのね。こんなときに主人のことなんて言わないで……」

慶子はもどかしげにヒップを揺さぶった。

「もっとよ、もっと気持ちよくさせて……そうしたら……」

「そうしたら、どうしてくれるんです？」

「わたしもいっぱい感じさせてあげるからぁ……ねっ、お願いよぉっ」

慶子は前合わせからペニスが飛び出しているトランクスのゴムの部分に指先をかけると、少し荒っぽい感じでずるずると引きおろした。

膝の辺りまでおろされたトランクスは、邪魔な布きれでしかない。翼は下半身を振って脱ぎおろしを手助けした。

これで翼も下半身が丸出しになった。上半身にTシャツを着ているのが、逆にいかがわしさを増している。

「ああん、お毛々が生えてるっ。タマタマまで丸見えになってて、すっごくエッチだわ。見てるだけで興奮しちゃうっ」

当たり前すぎることに慶子は歓声をあげる。自らの下半身が常につるつるなので、オトナの証である恥毛が生い繁っていることが性感を高揚させるようだ。

「ああん、すごいわ。タマタマがうにうにしてるっ」

言うなり、慶子は玉袋に舌先を伸ばしてきた。自らの指先でオナニーのときに弄ったことはあるが、異性の舌先で刺激されるのは生まれてはじめての経験だ。

指先とはまったく違う、柔らかくしっとりと吸いつくような感触がたまらない。

「うあっ、やばいっ……これ、やばいっ……」

翼はぎゅっと目を閉じて快美感を味わった。自覚がないままに、腰を前後に振ってしまいそうになる。

でろりっ、ぢゅるぷぷぅっ……。

慶子は大きく口を開くと、だらりと垂れさがっていた淫嚢を口の中にずるりと飲み込んだ。生温かい口中に左の睾丸がすっぽりと包み込まれる感覚。それはいままで味わったどんな感覚とも異なっていた。

「ああっ、そんなことしたら……」

翼が短く吼(ほ)えた瞬間、慶子はさらに大きく口を開くと、指先で押し込むようにして、もう片方の睾丸も口の中に無理やり収めた。

ぬるついた口の中で、薄皮に包まれた睾丸同士がぶつかり合う。慶子が頬をすぼめると、ますます密着感が強くなる。

翼は淫嚢の裏側の辺りから背筋にかけて、快感がぞわぞわと走るのを覚えた。目の前の女花に舌を這わせなければいけないことさえ、頭の中から吹き飛んでしまいそうになる。それでも、必死で快感に綻んだ女の蕾を舐め回す。

「んんっ……むふぅっ……」

湿っぽい呻(うめ)き声を洩らしながら股間に貪りつく慶子は、頬袋に餌を目いっぱいに詰め込んだリスみたいだ。口内粘膜にすっぽりと覆われているだけで、睾丸の中身が痺れるみたいなのに、彼女はさらに舌先を使い刺激してくる。

慶子とはじめて会ったときには、楚々とした人妻という印象を抱いた。それなのに、嬉々として淫嚢を頬張り舌先を絡みつかせてくる彼女の姿は、第一印象とはまるで別人みたいだ。

だが、その姿は実に生き生きとして見える。アイシャドウやチークといった華やかに見えるメイクを施していないというのに、そのまぶたや頬は身体の奥深いところから湧きあがる劣情に、ほのかに赤みが差している。

若々しい玉袋を口の中いっぱいに含みながら、慶子はソフトなタッチで肉柱を上下に撫でさする。

特に裏筋の辺りを刺激されると、ペニスの先端目がけてぴりぴりと快感が突き抜けるみたいだ。

「はあっ、気持ちいいっ……気持ちよすぎるっ」

秘密めいた卑猥な技を繰りだす慶子に負けてはいられない。下半身から押し寄せてくる肉の悦びと闘いながら、翼もピンクの色合いが濃い花びらや蕾を舌先で舐め回す。気を緩めたら、牡柱を軽快なタッチでしごきあげる慶子の顔面に精液をぶち撒けてしまいそうだ。

翼はくぐもった声を洩らすと、花びらのあわいの奥に潜む肉の洞窟に右手の人差し指の先端を潜り込ませた。炎上する肢体を如実に表すように、膣の中は熱気に満ち溢れていた。

指先をほんの少し挿し入れた途端、膣内に溢れ返っていた甘蜜がどろりと溢れ出してくる。男だって興奮すれば、鈴口からとろみのある粘液が噴き出してくるが、それとは蜜液の量の多さは比べ物にならない。

指先に絡みつく膣襞のどこから、こんなにも大量の牝蜜が湧きあがってくるのだろう。淫らな泉のありかを探るように、翼は膣内を指先で緩やかに動かした。

慶子はくびれたウエストから張りだしたヒップをしどけなく揺さぶりながら、苦しそうに頭部を左右に振った。

「ああっ……、アソコの中をかき回されたら、タマタマをしゃぶっていられなくなっちゃうじゃない」

慶子は抗議めいた言葉を口にすると、翼に熱っぽい眼差しを送ってくる。その視線はどこか挑発的にさえ見える。

「そんなことをするなら……」

そう言うと、仰向けに横たわっていた慶子はほっそりとした首をぐっと伸ばした。ついさっきまで淫囊を愛撫していた舌先が、その真後ろにある皮膚というよりは粘膜に近い肛門へと繋がるラインをてろりと舐めあげる。

「うぁっ……」

たまらず、翼の唇から驚きを含んだ悩ましい喘ぎが迸る。玉袋を弄ったことはあるが、なんとなく怖いような気がしてオナニーのときでさえその裏側を悪戯したことはなかった。

鏡などを用いない限りは自身では見えない部分だ。もちろん、自身の目で確かめたことなど一度もなかった。

「男の人って、ここを愛撫されると気持ちよくなっちゃうんでしょう？」

まるで当たり前のことのように、慶子が軽やかな口調で言ってのける。五歳年上の人妻の大胆すぎる言葉に、翼は体躯を支えている太腿の内側の肉の柔らかい部分が小刻みに震えるような感覚を覚えた。

「いっぱい気持ちよくなっていいのよ。その代わり……わたしのこともたくさん感じさせて……」

駆け引きめいた言葉を口にすると、慶子は淫嚢の裏側から肛門へと繋がるラインに舌先を這わせた。そこは一般的には「蟻の門渡り」と呼ばれる男の性感帯だ。しかし、そんなことを二十代半ばの翼が知るはずもない。

「ひぁっ……」

翼は目尻を歪めると、快美感に体躯をよじった。自身の目でさえも見たこともない部分だ。勃起した男根を見られても、もはや恥ずかしいとは思わないが、その裏側に位置する肛門に極めて近い部分を見られている、ましてや妙齢の美女に舐め回されていると思うと、どうしようもないほどの羞恥心が込みあげてくる。

ああっ、さっきウォシュレットで洗っておいてよかった……。

唾液にまみれたしなやかな舌先が、蟻の門渡りをゆるゆると這い回る。恥ずかしくてたまらないはずなのに、突き出した尻を振りたくってしまいたくなるような甘美感が湧きあがってくる。

慶子の女淫に顔を埋めたまま、翼は悩ましい声を洩らした。

「ねっ、気持ちいいでしょう。男の人ってお尻の穴の周りが敏感なんですって」

得意げに囁くと、慶子は放射線状の肉皺（にくじわ）の中心をてろりと舐め回した。尻の穴が感じるなんて考えたこともなかった翼にとって、それは鮮烈な心地よさだった。

生温かくしっとりとした舌先は若牡の反応を楽しむように、きゅんっとすぼまった肛門の周囲をゆっくりと這い回る。ときどき、舌先を尖らせて肛門目がけてつっ、つっと軽やかに突っついてもくる。

三十路の人妻の卑猥すぎる舌使いに、翼はもどかしげに尻を振りたくった。こんな場所で感じるなんて恥ずかしすぎる。そう思えば思うほどに甘美感が強くなる。

もはや目の前の肉蕾に舌を絡みつかせることさえ、頭の中から吹き飛んでしまう。

「こんなの……やばすぎますっ。エッチすぎますよ」

慶子の上に覆い被さった翼は背筋を弓のようにしならせた。まるで老獪な男に弄ばれる乙女みたいな気持ちになってしまう。

はあっ、ダメだっ……かっ、身体が痺れて……なにも考えられなくなるっ……。

翼が苦しそうに頭を揺さぶった瞬間、執念ぶかく菊皺を舐め回していた舌先が動きを止めた。

「はあっ、どうして……」

未練がましい呟きが、翼の唇からこぼれる。

「だって、舌やお指がお留守になっているんだもの。エッチの基本はギブ・アンド・テイクでしょう？」

慶子は拗ねたように、小さく鼻を鳴らした。押し寄せてくる快感に溺れるあまりに、彼女の秘唇を愛撫することを忘れていたのは確かなことだった。

「ごっ、ごめんなさい」

翼は深呼吸をすると、再び柔らかそうな肉の花びらに舌先を伸ばした。女のぬかるみに挿し入れた指先で、肉壁をこすりあげることも忘れない。

「ああん、いいわぁ、そうよ、いい感じだわ。オマ×コの中をぐりぐりしながら、クリトリスもじっくりと舐め回して……」

慶子は具体的すぎる卑猥なリクエストを口にする。翼は彼女がねだるとおりに、指先で膣壁をずりずりとこすりあげながら、肉蕾に舌先をまとわりつかせた。

「いいっ、そこよ。そこ……感じちゃうっ……。ああっ、クリトリスがずきずきしちゃうっ。ああっ、いいっ、気持ちいいっ……。一度、一度、イッちゃってもいい？」

ついさっきまで年下の男をリードしていた慶子の声色が艶を帯びる。それは演技とは思えない。翼の目の前で大きく左右に割り広げた内腿が小さく震えている。

魅惑的な人妻に誘惑されるのは、男としてのプライドをくすぐられるのは間違いない。しかし、人妻にリードされているばかりでは少々情けない気もする。

声を震わせて絶頂をせがむ人妻を前に、翼は全身に力が漲るのを覚えた。蜜壺に埋め込んだ指先に力を込めると、慶子の声のトーンが儚(はかな)げになるポイントを丹念に探っていく。

彼女が顎先を突き出してよがるのは膣の上壁をこすりあげたときだ。そこがGスポットと呼ばれる部分だということは、ネットなどで知識を得ていた。翼は人差し指を第二関節まで挿し入れると、Gスポットの辺りを少し荒っぽい感じで刺激しながら、ぷっくりとふくれあがった愛らしい牝核を尖らせた舌先で執拗に舐め回す。

「んああっ、感じるぅっ、感じちゃうっ、お指と舌だけでイッちゃうっ、クリトリスが弾けちゃうっ……はあっ、来てるのっ、おっきいのが来てるのぉっ、イッ、イッちゃうーんっ！」

甲高い悦びの声を迸らせると、翼の体躯の下で慶子は肢体を大きく弾ませた。舌先が触れる淫核がどくっ、どくっと鼓動を刻むように妖しく蠢いている。

慶子さんのオマ×コがびくびくイッてる。間違いない、指と舌だけでイッたんだ。僕の指と舌のテクでイッたんだ……。

身体を小刻みに痙攣させる年上の人妻のあられもない姿を見ていると、男としての自信みたいなものが下腹の辺りから湧きあがってくる。

「ああんっ、イッ、イッちゃったあっ……」

慶子は視線の定まらない視線でひとり言のように呟いた。床に投げだした足先がときおり、絶頂の余韻にびくんと弾みあがる。

「でも、僕はまだイッてないですよ」

シックスナインの体勢から身体を起こした翼は、身体の向きを百八十度回転させると慶子に正面から向かい合うように覆い被さった。慶子の髪の毛から漂うシャンプーの残り香が牡の闘争本能に火を点ける。

「ああん、そうよね。きてっ……硬いので、オチ×チンで思い切りオマ×コをかき回して。今日はメチャメチャになりたい気分なの」

慶子は両手を伸ばすと翼の首に回し、キスをせがむようにうっすらと色づいたまぶたを伏せた。

ベッドに膝をついた翼は唇をねっとりと重ねながら、慶子の太腿を高々と抱え持った。腰を軽く前に押し出しただけで、亀頭の先が濃厚な女蜜に濡れまみれた秘唇に触れた。

いきなり蜜壺に突き入れるのはもったいないような気持ちになり、翼は腰を軽く上下に動かして、ひらひらとした二枚の花びらやクリトリスに亀頭をゆるゆるとこすりつけた。

指先と舌先での愛撫にエクスタシーを迎えた蜜肉は、まだ余韻が抜けきらないようだ。亀頭が触れただけで妖しいひくつきを見せている。

それだけで、極上の快感が下半身を包み込む。指先にしがみついてくるような肉襞を波打たせる膣壁にペニスを深々と突き入れたら、どれほど気持ちがよいだろうか。

想像しただけで、隆々と鎌首(かまくび)をもたげた牡杭がぴゅくんと跳ねあがる。

翼は大きく息を吸い込むと、ゆっくりと腰を前に押し出した。

ぢゅるっ、ぢゅるぷぷっ……。

うなじに響くような水っぽい音を立てて、太腿の付け根で息づく女花が花弁を開き、牡の猛りを嬉しそうに飲み込んでいく。

「ああんっ、いいっ、オチ×チン大好きなの。硬いのでされると、オマ×コが熱くなっちゃうっ。感じちゃうのぉ……」

慶子は夢中というさまで、翼の身体にしがみついてくる。彼女の両足を抱え込むように持ちあげているので、蜜壺に埋め込んだ肉柱に花びらが絡みついてくるところまで丸見えになる。

一度エクスタシーを迎えている媚肉は、まるでとろとろに煮込んだ極上のビーフシチューのような柔らかさをみせながら、肉槍を包み込んでいる。

「ああっ、すごいっ、オマ×コの中が熱いっ。熱いのがオチ×チンに絡みついてくるみたいだっ……」

翼は感嘆の声を洩らした。ゆっくりと身体全体を使うように、腰を前後させると慶子の喘ぎ声が甲高くなっていく。

「ああっ、イッたばかりなのに……またヘンになっちゃうっ。クリトリスでイクのもいいけれど、オチ×チンを突っ込まれるほうが感じちゃうのよ。奥まで届いてるって感じがたまらないのっ……」

慶子は長い黒髪を振り乱した。彼女が荒い呼吸を洩らすたびに、形のよいEカップの乳房が波打つみたいだ。

「いいっ、いいわ。あーん、もっともっと感じさせてえっ。もっともっと奥まできてえっ。ずこんずこん、子宮を突きあげて欲しいのっ……」

日頃抑圧された生活を送っているためだろうか。淫らな欲望に支配された慶子は、清楚な容姿に似つかわしくない卑猥な言葉を繰り返す。そのギャップがたまらなく艶っぽく思える。

「慶子さんってマジでドスケベなんですね」

「そうよ、エッチが大好きなの。主人とのエッチじゃ物足りないの。いっぱい舐められたいし、オチ×チンを舐めるのも興奮しちゃうの。相手が悦ぶんなら、お尻の穴やタマタマだっていっぱい舐めちゃうっ……」

慶子はスレンダーな肢体をしなやかにくねらせた。昂ぶりきった乳首がつきゅっと尖り立っている。

翼は深く浅くと腰を前後にストロークさせた。その腰使いに合わせるみたいに、慶子もシーツから浮かび上がったヒップを揺さぶる。

「ああんっ、もっとよ。もっと激しくして……。オマ×コがおかしくなるくらいに、激しくして……」

慶子は自ら乳房を両手で鷲摑みにすると、人差し指の先でしこり立った乳首をくりくりと弄ぶ。人妻の強欲っぷりを見せつけられるみたいだ。

「はあ、身体が熱いのっ。全身が燃えるみたいに熱いの。ねえ、思いっきり体重をかけるようにして、オチ×チンを突っ込んで。激しいのがいいの、ねえ、お願いよ」

太腿を裏側から支え持っていた翼は、慶子の両の足首を摑み直した。万歳をするように両手をあげると、彼女の両足がVの字を描くように大きく左右に広がる。

ベッドに膝をついていた翼は前のめりになると、膝をあげ、つま先で身体を支える体勢を取った。

つま先立ちになった翼は、慶子と身体の中心部で繋がったまま、まるでうさぎ跳びをするみたいに身体を宙に浮かせた。

ずんっ、ずしんっ。

次の瞬間、体重をかけるようにして彼女の一番深い場所を目指すようにして、亀頭の先端を打ちつける。慶子の太腿が乳房を押し潰すような屈曲位だ。

「きゃっ、ああっ、なにっ、これっ……」

衝撃的な突き入れに、慶子の唇から短い喘ぎがあがる。その声は決して悲痛なものではなく、ふしだらな悦びに満ちている。

「すっ、すごいっ、ずんずん奥までくるっ。ああっ、頭のてっぺんにまで響くみたい。こんなの……こんなのっ……」

「思いっきり感じてくださいよ。このままじゃ僕だって、そう長くは持ちそうにないですよ」

翼は弾みをつけて強烈なうさぎ跳びを見舞った。深すぎる突き入れに、女壺がむぎゅ、むぎゅと妖艶な収縮を見せる。

「ああっ、いいっ、このまま死んじゃってもいいくらい感じちゃうっ……」

慶子は喉元を大きくしならせた。

「いいっ、またおっきいのが来るの。きっ、来ちゃうっ、また……またよ……イッ、イッくうーっ！」

ひときわ派手な歓声をあげると、慶子は全身をびゅくっ、びゅくと震わせた。翼はようやくつま先でのジャンプを止めた。

深い喜悦に包まれた蜜壺の内部が不規則な蠕動(ぜんどう)運動で、男根をぎゅりぎゅりとしごきあげる。まるで蜜壺全体でペニスを締めあげているみたいだ。

「くあっ、やっ、やばいっ……でっ、射精るっ！」

欲深い人妻を絶頂の波へと追いやったことで、翼の中で張りつめていたものが緩む。その刹那、根元近くまでしっかりと埋め込んだペニスの先端からどくっ、どびゅびゅっと樹液が噴きあがった。

「ああん、膣内で発射されちゃってるっ。ああん、わたしっ……人妻なのにぃ……」

慶子の言葉はまるでそれ自体が興奮剤みたいだ。背徳感を口にしながら、慶子は水槽から強引に掬いあげられた金魚みたいに、熟れた肢体をベッドの上でびくんっ、びくんと戦慄かせた。


汗ばんだ身体のまま、ふたりはベッドに倒れ込んだ。呼吸が整わない慶子はまるで自身を抱きしめるみたいに、胸元で両腕を交差させた。汗ばんだ頬や首筋に、乱れた黒髪が絡みついている。

「どうして、僕とエッチをしようと思ったんですか？」

翼は人妻たちとの情事のときに抱き続けた疑問を口にした。

「どうしてって、そうね、写真を見ていい感じだなって思ったの」

「でも、僕は別にイケメンじゃないし、登録した写真だって先輩がテキトーに撮ったやつなんですよ」

「逆にそれがいいのよ。これでもかってくらいに、イケメンに見えるように加工した写真を登録している男性が多いの。玄関を開けたら、まったく別人がいるんだもの。それじゃあ、まるでお見合いサイトやマッチングアプリによくあるような写真詐欺よね。そんな男性は絶対に信用できないでしょう」

「へえ。そんな男がいるんですか」

「いるわよ、それも結構な確率でね。もっと笑っちゃうのもあるのよ。たぶん知り合いのイケメンの写真を借りて登録している男性までいるのよ。たぶん、わたしたちの気を引きたいんだろうけれど、そんなことをされたらドン引きしちゃうだけなのに」

「でも、リクエスト欄に書き込みがあったらどうするんですか？」

「そういうときは知らない顔を決めこんで、出前を渡してすぐ帰ることにしてるの」

「でも、しつこく迫ってくるお客さんとかいないんですか？」

「それはないわ。だって、わたしたちはあくまでも単なる配達員なんだもの。女性相手に強引なことをしてトラブルになったら、困るのはお客さまのほうでしょう」

慶子は切れ長の瞳を細めて、さらりと言ってのけた。その横顔には若牡の股間にむしゃぶりついていた飢えた人妻の面影は感じられない。

「ああ、思いっきりすっきりしちゃったわ。これで、息が詰まりそうな主人との生活もしばらくは我慢ができそうよ」

「そんなにストレスが溜まるなら……」

　翼は危うい言葉を言いかけて止めた。

「だったら、離婚すればいいって思う？　でも、いまの安定した生活は捨てたくはないの。まあ、主人の束縛が強いのもそれだけ愛されてるからかも知れないし。それに、人妻っていうだけで、妙にモテるのよ」

虎視眈々(こしたんたん)と人妻の肉体を狙う客は少なくないに決まっている。ましてやクールビューティな雰囲気を漂わせる慶子は、男たちの羨望の眼差しを集めるに違いない。はっきりと口にはせずに誘いをかける男たちをかわすことも、慶子にとってはスリリングなゲームなのかも知れない。

「すっごく、感じちゃったわ。やっぱり若いオチ×チンって素敵ね」

　慶子は翼の左の二の腕に寄り添うと、まだ完全には鎮(しず)まりきっていない肉柱を愛おしげに撫で回した。

第四章　肉食系人妻とオフィス

慶子と関係を持った翌日のことだ。翼は剛史から仕事が終わった後、飲みに誘われた。

乾杯用のビールが運ばれてくるなり剛史は、

「なあ、これ見てくれよ」

とスマホの液晶画面を差し出した。

そこに表示されているのは確かに剛史だが、翼が知っている彼とはまったくイメージが異なる人物が映っていた。

普段はどちらかといえばあまり手入れをしていない、やや野暮ったく見える髪の毛は毛先を散らすように綺麗にセットされている。普段は地味なスーツ姿だが、洒落たシャツは第一ボタンだけを外し、派手な印象のジャケットを羽織っている。

それだけではない。顔もすっきりとし実年齢よりも若々しく思える。違和感を覚えた翼は写真を凝視した。じっくりと見ると、目元などの雰囲気が違っている。

「なんですか、先輩、この写真は？」

「いいだろう。ホストなんかが御用達のスタジオで撮影してもらったんだよ。すごいよな。プロのメイク係がいて髪の毛のセットからメイクまでしてくれるんだぞ。まあ、料金はそれなりだけどな」

「なんで、こんな写真を撮影してるんですか。なんかいつもの先輩と違って、妙にチャラい感じに見えますよ。まさか、いまの仕事を辞めてホストにでも転職する気なんですか？」

「まさか、お世辞も上手く言えない俺に、ホストが務まるはずがないじゃないか。あれだよ、『Wober』だよ。俺が人妻とイイ感じになれないのは、きっと写真写りが悪いからだと思うんだ。女もそうだが、男だって見た目が大事だからな」

翼からスマホを受け取ると、剛史は訳知り顔で力説した。

「あれだけまことしやかな噂が流れてるんだから、絶対にスケベな人妻がいるはずなんだ。それなのに、俺のところにそういう人妻が来ないのは、映りが悪い写真で却下されているとしか考えられないんだよ。どうだよ、これならばイケメンに見えるだろう」

「でも、そんな写真を使ったって、実際に会ったらやっぱり違うって思われるかも知れないじゃないですか？」

「向こうは登録写真を見て、ソノ気になってやってくるんだ。お前だってわかるだろう。むらむらしているときは、多少のことは気にならなくなるに決まってるんだよ」

剛史はスマホの画面を見ながら、力強く頷いている。

わざわざ登録用の写真まで撮影している剛史を見ていると、少しいじらしい気持ちになってしまう。

同時に「本人と似ても似つかない写真を登録している男性は信用できない」と口にした慶子の言葉を思い出した。

そうかといって、それをそのまま伝えることなどできるはずがない。そんなことを言ったとしたら、配達に来た人妻となにかあったんだろうと、質問攻めにあうに決まっているからだ。

「先輩、そういうのってちょっと違うんじゃないんですか。そんなに人妻が好きなら、マッチングアプリや人妻専門のデリヘルだってあるじゃないですか」

「わかってないな。俺が求めているのは最初からヤラせてくれそうな人妻じゃないんだよ。あくまでも、ごくごく普通の人妻とエッチをしたいんだよ」

せっかく撮った写真を見せたのは、翼に絶賛して欲しかったからに違いない。否定的なことを言われたことで、剛史は不機嫌そうに目の前のジョッキに注がれたビールを自棄気味に呷ってみせる。

都市伝説みたいな噂話だけは流れるのに、どうすれば熟れた女体を持て余す人妻と出会えるかについての具体的な方法が、ネットなどに流れてこないのは不思議とも思える。

そこには、こんな美味しい思いをしたという自慢話はしたいが、ライバルが増えては競争率が高くなるという利用客のしたたかな計算も働いているのかも知れない。

「この写真でダメなら、思いきって学生時代の超イケメンの同級生に写真を借りるしかないな」

剛史は人妻と出会える決め手は、登録写真だと思い込んでいるようだ。そのためか、リクエスト欄があることや、そこにリクエストを書き込めるということなど思いつきもせず、さらにダメなことを言い出してしまったのだ。

「先輩って、好き嫌いはあるんですか？」

「そんなのはないよ。うちは母親が口やかましくてさ。テーブルに出されたものは残さず黙って食べろって育てられたからな」

「じゃあ、リクエスト欄なんて使ったことはないですよね」

少しでも剛史の助けになれば、と翼は秘密に迫るヒントを口にする。

「当たり前じゃないか。お前は出前を頼むだけなのに、ちまちまと細かく注文をつけてるのか？」

「まあ、多少の我が儘はきいてもらえるならって、リクエスト欄に書き込みをしたことはありますよ」

「ダメだなあ、そういう細かいのが一番女には嫌がられるんだぞ。よし、俺は明日も出前を頼むぞ。こうなったら、意地でも頼み続けてやるからなっ」

声を張ってビールのお代わりを頼む、なんとも憎めない先輩の姿を見ながら、翼は絶対に彼が人妻とイイ思いをすることはないんだろうなと胸の中で呟いた。


三人の人妻と関係を持ったことで、翼は男としての自信をつけつつあった。

店ごとに決められた多少の配達手数料がかかるとしても、たかだか弁当代で人妻と濃厚な時間を過ごすことができるのだ。

休みの日には『Wober』を頼まないと、なんだかもったいないような気持ちにさえなってしまう。もちろん、いままでが単に運がよすぎただけかも知れないという自覚もある。

実際に注文のリクエスト欄に外して欲しい食材などを書き入れたとしても、配達にやってきた二十代前半の若い女性は弁当だけを届けて、そそくさと帰ってしまったこともあった。その女性は左手に結婚指輪を嵌めてはいなかった。

なんだか、女性から袖にされたような気分になってしまいそうだが、もともとそれが本来の出前アプリの役割なのだ。不満を覚えるのは明らかに筋違いというものだろう。

どうやら、リクエスト欄でエッチの相手を選別しているのは若い女性ではなく、夜の生活や夫に不平や不満を抱く人妻だけのようだ。

木曜日の夜、明日の朝イチの会議のための資料を作成するために、翼は残業をしていた。この会社はチームでなにかをするようなことはない。

個人主義といえばいいのだろうか。各自に割り振られた仕事が大変そうに見えたとしても、同僚が積極的に手伝うということはない。

剛史がいれば、飲み代を奢るからと頭をさげて手伝ってもらうところだが、生憎(あいにく)と休みを取っている。

就業時間が終わるとともに、同僚たちは翼のことなど気に留めるようすもなく、早々と職場を後にしていった。

職場はあまり大きくはない雑居ビルの一角にある。同じフロアに入居しているのは住居ではなく事務所ばかりだ。

午後八時を過ぎた頃に、自動販売機に飲み物を買いに行くと、他の事務所の灯りは総て消えていた。灯りが灯っているのは翼がいる事務所だけだ。

思えば、昼食は食べたもののそれ以降はなにも口にしてはいない。そうかといって、いま職場を抜け出して食事に行くのも躊躇われる。

ふと出前アプリのことが脳裏に浮かんだ。いまは淫らな妄想を巡らしている場合ではない。ただ単に空腹が満たされればいいのだ。

翼は数ある店舗の中からエスニック料理店を選んだ。ひとりでは食べに行く機会は少ないが、スパイシーな料理はなかなかクセになる。

選んだのはタイ料理のガパオライスだ。ガパオライスはご飯の上に鳥の挽肉と彩り野菜を香辛料を効かせて炒めたものと、目玉焼きを載せた料理で、ナンプラーとホーリーバジルの香りが食欲をそそる一品だ。

唯一翼が眉を顰めたのは、つけ合わせのサラダにはパクチーをたっぷりとあしらっているということだ。

最近はパクチー女子という言葉もあるくらいに、香味野菜のパクチーは人気がある。しかし、その独特の香りはどうしても好きにはなれなかった。

翼はガパオライスを頼むと、リクエスト欄に「サラダはパクチー抜きで」と記した。届け先はもちろん職場だ。

いまは残業中なので、ふしだらな欲望をふくらませている場合ではない。しかし、条件反射というのは恐ろしいものだ。アプリを操作していると、人妻たちの魅力的すぎる肢体や淫らなテクニックが脳裏に蘇ってくる。

まあ、ここは会社なんだから、スケベな人妻が配達に来るなんてことはあり得ないよな……。

翼は注文を確定させると、再びパソコンに向かった。普段は十五人ほどいる同僚たちがいないひとりぼっちの職場では、ひたすら仕事に没頭するしかない。

オフィスの入り口のドアには施錠はしていない。ここはあくまでも事務所で、金目のものなど一切置かれていないからだ。手元に置いた資料をパソコンに打ち込んでいくカタカタという無機質な音だけが、人の気配がないオフィスに響いている。

はあ、腹が減ったなあ……。

翼はオフィスの壁に掛けられた時計をちらりと見やった。注文をしてからそろそろ三十分が経とうかというところだ。

午後八時というとディナータイムのピークタイムをそろそろ過ぎた頃だが、やはりいつもよりも多少時間がかかるようだ。

そのときだ。事務所の受付に置かれたベルが音を立てた。受付といっても事務所の入り口と従業員が業務をする机が並ぶスペースをわけるために、長めのカウンターデスクを置いただけの簡素なものだ。

ベルはホテルや旅館のフロントに置かれているような甲高い音が出るタイプのものだ。従業員がいる時間帯は、来客があれば最寄りの席の従業員が応対に席を立つのでベルが鳴ることはない。

翼は慌てて席を立った。

「すみませーん。お待たせしました。『Wober』からお届けに参りました亜矢(あや)です」

やや呼吸を乱しながら現れたのは、三十代後半だと思われる熟女だった。色鮮やかなピンク色のポロシャツは夜とはいえ、オフィスにはあまり似つかわしくないように思えた。

下半身を包んでいるのは、ポロシャツよりも落ち着いた色調のピンク色の超ミニ丈のパンツで、太腿の大半が露出している。素足に見える足元に履いているのも、やはりピンク色のスニーカーだ。

　上から下までピンク色で統一されているので、街中で見かけたとしてもかなり目立つファッションだ。

　肩よりも長い明るいローズブラウンにカラーリングされた髪の毛は、大きなカールを描いている。アイシャドウやチークも華やかなローズカラーで統一されている。ぽってりとした口元を飾っているのは、一瞬どきりとするほど赤みの強いルージュだ。

　目鼻立ちがはっきりとした顔だちをいっそう引き立てるように、猫を思わせるようなアイラインをくっきりと引き、長いまつ毛もマスカラで強調している。

　派手めなメイクやボリューム感のある髪形だけを見ると、出前アプリの配達員というよりも、会員制の高級なバーのマダムが似合いそうな感じだ。

　それだけではない。男の視線を引き寄せるのは、華やかなメイクやファッションだけではなく、重たそうに揺れる乳房のふくらみだ。

　それはまるで、ポロシャツの胸元にメロンをふたつ隠しているみたいだ。彼女は爆乳を誇らしげに見せつけるように、すっと背筋を伸ばしている。

「ご注文はガパオライスでよろしいですね。つけ合わせのサラダのパクチーはご要望通り抜いてあります」

亜矢はガパオライスとサラダが入った袋をカウンターに置くと、注文票を読みあげた。その声はしっとりとして、どことなく夜の匂いを感じさせる大人の色香が漂っている。

「こんな時間までお仕事なんて大変ですね」

「まあ、滅多にあることじゃないんですけど、朝イチの会議のための資料を作ってるんです。こんな時間だとこの辺りで営業しているのはアルコールを出す店ばかりだから、食事だけのつもりで行ったとしても、周囲のお客さんたちが飲んでるのを見ると、誘惑に負けそうだし……」

「それはそうですよね、周囲が盛りあがっているのに、お酒も飲めずに食事だけをするんじゃツラいですよね」

翼の言葉に亜矢は賛同するように頷いてみせた。

「人がいない夜のオフィスって、こんなに静かな雰囲気なんですね」

亜矢はカウンター越しに事務所の中を、少し物珍しげにぐるりと見回した。

「ごめんなさい。出前のお届け先って一般のご家庭が多いでしょう。会社に届けることもあるけれど、大きな会社の場合は受付に預ける形が多くて。だから、実際に働いている現場を見る機会ってあまりないんです」

「ああ、そうなんですか」

「わたしは結婚前はデパートの受付嬢をしていたんです。だから、いわゆるオフィスっていうところにはあまり縁がなくて……」

「へえ、受付嬢をしていたんですか」

翼の中で好奇心が頭をもたげてくる。デパートの受付嬢をしていたと言われてみれば、確かに亜矢は頭の先から爪の先まで華やかな雰囲気が漂っている。

「もっとも二十八歳で結婚すると同時に寿退社をしてしまったから、十年も前の話なんですけれど」

亜矢は懐かしそうに呟いた。口元にそっと当てた左手には銀色の指輪が輝いている。彼女の話から計算すると三十八歳ということになるが、年齢よりもずっと若々しく見える。

いままで出前アプリを利用したのは遅めのランチタイムばかりで、ディナータイムに利用したのは今回がはじめてだった。

「そういえば、ご注文どおりにパクチーは抜いてありますけど、あっちも抜いたほうがいいのかしら？」

「えっ、あっちって……」

「あっちはあっちよ。いやだわ。いまさら知らばっくれなくてもいいでしょう？」

なんの前触れもなく飛び出した亜矢の言葉に、翼はぎくりとした。樹里からリクエスト欄の秘密を聞いてからは、邪な期待を抱いてメニューを選び、リクエスト欄に希望を記入していた。

そのお陰で、人妻の身体をたっぷりと堪能したのは一度や二度ではない。

しかし、ここは誰に気兼ねをする必要がない自宅ではない。ひとりで残業をしているとはいえ、ここは職場なのだ。

いまさら誰かが出先から戻ってきたり、明日の会議の資料の進捗具合を確かめにくる同僚がいるはずはないが、ほんの数時間前までは同僚たちが業務に勤しんでいた神聖な職場で人妻と関係を持ちたいなどと考えるはずがない。

「だって、わざわざパクチーを抜いてくれってリクエストをするってことは、リクエスト欄に希望を書けば欲求不満の人妻が来るってことを知ってるからでしょう？　パクチー無しではなくて、パクチーを抜いてくれっていうのがちょっとエッチな感じよね」

亜矢は知っていて当然というように、意味深に笑ってみせた。血の色を連想させる真っ赤な口紅が、ぷっくりとした曲線を描く唇をより色っぽく見せている。

「そんなことを言われても……」

　翼は口ごもった。

　ここが自宅だとしたら、ポロシャツの胸元をこれ見よがしに押しあげる、ボリュームに満ち溢れた乳房に間違いなく手を伸ばしていたに違いない。

　しかし、職場だと思うと心身の自由が利かなくなってしまうのだ。まるで手枷(てかせ)や足枷(あしかせ)を嵌(は)められている囚われ人のようだ。だが、縛りつけられているのは身体ではなく、社会人としての理性だった。

「なんだか、いいわねえ。人の気配がない夜のオフィスって。なんて言えばいいのかしら。働いている人たちの残り香っていうか、独特の雰囲気が漂っているんだもの」

　亜矢はカウンター越しに身を乗り出して、好奇心に満ちた眼差しでオフィスの中をしげしげと観察している。

「あの……でも……それはさすがにマズいんじゃないかと思うんですけど……」

　翼は亜矢の顔色をうかがうように、遠慮がちに訴えた。

　なにせ彼女はヤル気まんまんなのだ。下手に機嫌を損ねるようなことをしてはいけない。翼は言い訳めいた台詞を頭の中で必死に探す。

「それって、わたしが魅力的じゃないからってことかしら？」

亜矢は少し寂しそうに呟いた。

「そっ、そんなことないです。魅力がないなんてことありません。むしろ魅力的過ぎます」

「じゃあ、どうして……？」

「いや、だから、それは……ここは職場だし……」

圧倒的な迫力を誇る爆乳の熟女を前に、翼は完全に言葉を失っている。

雑居ビルなので、分厚いガラス製のオフィスのドアの向こう側からのぞいたとしても、その中を窺い知ることができるのは受付のカウンター付近までだ。

それ以上は入り口のドアを開けてカウンターまで近づかなければ、見ることは叶わない。

「ねえ、夜のオフィスでしたら興奮すると思わない？」

「しっ、したらって……」

亜矢はあえてぼかすことなく、直情的な物言いをする。

「結婚してるって言ったわよね。旦那はデパートで働いていたときによく通ってきていた常連客だったの。バツイチだけど、子供はいないっていうし、わたしが行ったこともないようなお店にも連れて行ってくれたの。デパートって桁がわからなくなるような物を売っているのに、若手の女性社員のお給料は飛び抜けていいって訳でもないのよ。だからそうなったら、自然と舞いあがっちゃうと思わない？　年はひと回り以上も離れていたけれど、大切にしてくれるかなって思って結婚したのよ。女友だちもひとりふたりって結婚しはじめた頃だったから、焦りがなかったって言ったら正直嘘になるけどね」

亜矢はため息交じりに呟いた。それはまるでひとり言みたいだ。翼はただただそれを黙って聞いていた。

「最初の頃はよかったのよ。毎晩どころか、翌朝も求めてくるんだもの。それなのに、半年も経ったら毎日どころか月に一度求めてくるかどうかなのよ。これじゃあ、まるで詐欺にでも引っかかったようなものだと思わない？」

「でも、旦那さんも疲れているとか、いろいろと理由があるんじゃないですか」

「そうね、いろいろとはあるみたいよ。帰ってくるのは毎晩毎晩午前さま。ワイシャツには口紅やファンデーションがついていることもあるし、スーツにも女物の香水の匂いが残っているんだもの。本人は接待だとか言っているけれど、本当のところはどうなのかわかったものじゃないわ。『Wober』のアルバイトってランチタイムに仕事を入れるのが主流なんだけど、わたしの場合は旦那が毎晩深夜に帰ってくるからディナータイムを狙って稼いでいるの」

亜矢は赤いルージュで彩られた口元をかすかに歪めた。

「別にいまの生活にとりたてて不満があるわけじゃないのよ。履歴書に書けるような特別な資格や技能があるわけじゃないんだもの。離婚なんてしたら、きっと目も当てられやしないわ。でも、わたしだって女なの。やっぱり男性からどう見られるのかって気になるのよ。実年齢よりも若々しく見られれば嬉しいし、セックスの対象として見てもらえるのかだって気になって仕方がないのよ」

生々しい言葉を口にしながら、亜矢はGカップはありそうな胸元を突き出した。三十代後半の人妻は、自分の身体のどこが一番魅力的なのか、どうすれば異性の気を引きつけることができるのかを知り尽くしているみたいだ。

「そんなふうに言われても……」

翼は言葉を濁した。確かに目の前で揺れる爆乳は魅惑的だ。デパートの受付嬢をしていたという容姿は少しも衰えているようには思えない。人妻としては若干派手に思えなくもないが、その華やかさが年下の翼には眩しく映る。

「もう、煮えきらないわねね。逆にこんなふうに考えたらどう？　みんなが働いている場所でエッチなことをするのよ。最高に感じちゃうと思わない？」

亜矢は真っ直ぐな視線で見つめてくる。確かに彼女の言うとおりだ。だがそうかといって、カウンター越しでは亜矢の肢体を抱き寄せることも叶わない。

「ふふっ、少しはソノ気になってきた感じかしら？」

翼から視線を逸らすことなく、亜矢は口角をあげて笑ってみせた。大粒のアーモンドのような瞳を見つめ返すと、彼女の言いなりになってしまいそうだ。

元々受付とはいっても、長めのカウンターテーブルが置いてあるだけで、その端には鍵などがついた間仕切りなどがあるわけではなく、あくまでも形式的なものでしかない。

防犯カメラが一箇所だけ設置されているが、あくまでも不審者の入退室を監視するためにオフィスの出入り口を撮影しているだけで、カウンターを含めて内部のようすは一切撮影されてはいない。

これは従業員のプライバシーに配慮してのことらしい。それも録画の容量が限られているので、一日経てば上書きされてしまうお義理程度に設置されたものだ。

「パクチーを抜いたんだから、あっちも抜いてさっぱりしたほうが仕事も捗（はかど）るんじゃないかしら？」

元受付嬢というだけあって、よく通る声が翼の体躯にまとわりつくみたいだ。亜矢はカウンターの端に進むと、躊躇するようすもなくオフィスの中に足を踏み入れてきた。

これで、翼と亜矢を隔てるものはなくなる。亜矢は翼を見つめたまま、真っすぐに近づいてくる。ふたりの距離は一メートルほどしかなくなる。

「素直になればいいのに、さっきからおっぱいばっかり見ていたでしょう」

翼の前に立った亜矢は両手で自らの熟れ乳を支え持つと、若牡の目の前で円を描くみたいに揉みしだいてみせた。

ポロシャツを着ていても、その量感と弾力がはっきりと伝わってくる。翼の口元から荒い呼吸が洩れる。

「ふふっ、そんなにおっぱいが気になるの」

ひと回り以上年下の男の素直すぎる反応が嬉しくてたまらないというように、亜矢はチークで彩られた頬を緩めた。

「そんなふうに見られると、わたしだって感じちゃうのよ。旦那とはすっかりセックスレスなんだもの。わかるかしら、女として見られていないと思うと自信をなくしちゃうのよ。女として見られていないと、ちゃんと抱かれていないと、わたしはもう魅力的じゃないんじゃないかって落ち込んでしまうの。だってわたしはまだ三十八歳なのよ。三十させ頃、四十はし頃って言うでしょう。いわゆる女盛りなんだもの。毎日どころか朝昼晩だってしたいくらいなのよ」

牡の本能に畳みかける亜矢の言葉に、翼は小さく肩先を上下させた。オフィスの中なので、スーツの上着は着ていない。淡いブルーのワイシャツにスラックスという姿だ。

身体の奥から好奇心が突きあげてくるものの、性的な欲望とは一番縁遠いオフィスということもあり、翼は満足に身体を動かすこともできずに棒立ちになっている。

「だったら、こういうのはどうかしら？」

亜矢は制服のポロシャツの裾を摑むと、ずるずるとめくりあげた。翼は息をするのさえ忘れそうになってしまう。

昼日中(ひるひなか)でも衆人の目を引く艶(あで)やかなピンク色のポロシャツの下に着けていたのは、それとは対照的な、夜の闇を思わせる漆黒のブラジャーだった。

艶々としたサテン生地のブラジャーのカップには、同系色の蝶のモチーフやレースが縫いつけられている。まるでカップの縁に蝶々が止まっているみたいなデザインだ。

目を大きく見開いた翼は、身体が自然と前のめりになるのを覚えた。

「はあっ、いいわあ。見られると感じちゃう。わたしがエッチなランジェリーやネグリジェを買ったって、旦那は知らん顔なんだもの、男の人がわたしの姿を見て興奮しているのを見ると、まだまだわたしだって女としてイケてるんだって思えるのよ。だって、誰からも相手にされないとしたら悲しすぎるでしょう？」

亜矢は翼の視線を意識するように、胸元をゆっくりとなぞった。ブラジャーのカップの縁をなぞる指先には、唇よりは色合いがやや淡い赤いマニキュアが塗られている。

女として髪形やメイクだけではなく下着にも強いこだわりを見せる亜矢の姿は、夫から華美な服装やメイクを禁じられている慶子とは真逆に思えた。

「そんなふうに見つめられたら、身体が火照っちゃうわぁ」

かすかに顎先を突き出して悩ましい声を洩らすと、亜矢は右のブラジャーのカップをずるりと押しさげた。カップによって支えられていた巨大な果実が音を立てるように、ぷるるんとこぼれ落ちてくる。

「はあっ……」

職場だということを忘れ、翼は目を見開いてゆらゆらと揺れる乳房に視線を注いだ。優にGカップはあろうかという乳房は、まるで洋物のアダルトビデオみたいにド級の迫力で視覚を圧倒する。

見るからに柔らかそうな乳房の頂点は、重力に引き寄せられるようにやや下方に位置している。

その頂きはカフェオレのような美味しそうな色合いだ。乳房の大きさに比例するように、乳暈の直径は五センチ近くはありそうだ。その割りに乳首の直径は一センチほどできゅんと尖り立っている。

そのアンバランスさが牡の視線を吸い寄せる。

「そんなに見られたら、余計に乳首が硬くなっちゃう。見て、こんなことだってできるんだから……」

湿っぽい声で囁くと、亜矢は露わになった右の乳房を右手でしっかりと摑み、真っ赤なルージュを引いた口元へと近づけた。コーラルピンクの舌先を伸ばし、しこり立った乳首をでろりと舐め回す。

それだけでは飽き足らないとばかりに、唇をすぼめると乳首を唇に含み、ぢゅっ、ぢゅっと卑猥な音を立てて吸いしゃぶる。

それは若い牡から理性を奪うには、十分すぎるほどに卑猥な仕草だった。

「あっ、亜矢さんっ……」

翼の口元から懊悩の声が迸り、握り締めた両の拳に爪の先が食い込む。

「ねえ、あなたの席ってどこなの？」

「えっ、僕の席ですか」

出前を頼んだ時点で名前は向こうに伝わっている。いまさら名前などを詐称したところで大した意味もない。カウンターに近い場所は女性社員たちの席で、その一列奥に翼の席がある。翼の隣は剛史の席だ。

役職がついた社員の席は受付のカウンターからは遠い、奥まったところにある。いわゆる上座と下座の関係だ。とはいえ、役職名が付くような立場でもない限り、机も椅子も全く同じものがあてがわれている。

年上の亜矢には入り口に近い場所が下座で、それから遠い席になればなるほど上司が座る席だということくらいはわかっているに違いない。

「えっと、ここが僕の席です」

とっさに翼が案内したのは、自分の席ではなくその隣の剛史の席だった。

翼の席は残業中なので机いっぱいに書類が広げられていて、少し恥ずかしかったのだ。

「へえ、いかにも働いてるって感じね。ねえ、椅子に座ってみて」

その言葉に、翼は剛史が普段使用している椅子に腰かけた。

「ふぅん、そうやって普段はお仕事をしているのね」

感心したように囁くと、亜矢は椅子ではなく剛史のデスクの上、つまり翼の顔の正面に肉感的なヒップをおろした。落ち着いたピンク色の超ミニ丈のパンツは下半身にぴっちりと張りつくデザインではなく、ややゆったりとしている。彼女はスニーカーを脱ぎ落とした。素足だと思っていたが、足先だけを覆うように薄手のソックスを履いていた。

亜矢は意味ありげな視線で翼を見つめると、わざとゆっくりと足を組んでみせた。それはまるで水面に浮かぶ白鳥が羽ばたくような、優雅さを滲ませる仕草だ。

膝を伸ばすように高々と足をあげたために、パンツの隙間からむっちりとした太腿の付け根に近い部分が垣間見える。

彼女の指先によって、鎖骨に近い辺りまでめくりあげられたポロシャツからは、ふるふると揺れる右の乳房と、ブラジャーのカップに包まれた左の乳房が剝き出しになっている。

「ねえ、どう。わたしのおっぱい？」

亜矢はしなを作りながら囁いた。

「すっごく、すっごく……おっきいです」

翼は声をうわずらせた。作業用の机の上で妙齢の美女がしどけないポーズを取っている。それだけで、視線が、身体が、吸い寄せられてしまう。

「見られていると興奮しちゃう。ねえ、もっともっと感じさせて……」

亜矢は左の乳房を覆い隠していたカップに指先をかけると、呼吸を乱す翼の視線を楽しむようにゆっくりとそれを引きずりおろした。

右の乳房に並ぶように、左の乳房がこぼれ落ちてくる。覆い隠すものがない乳房が並ぶと、その迫力は二倍どころか十倍にも増して感じられる。

ポロシャツを着て、ブラジャーをつけているというのに、両の乳房が露わになっている。それは全裸よりもはるかに破廉恥(はれんち)に見える。

亜矢は机の上で肢体をくねらせながら、爛熟した乳房の柔らかさと量感を見せびらかすように、マニキュアを塗った指先を食い込ませた。

「あっ、亜矢さんっ」

喉がひりひりと焼けるような渇きを覚え、翼は喉元を上下させた。まるで、ストリップ劇場の最前列のかぶり付きで淫らなショーを見せつけられているみたいだ。いや、ステージと客席という絶対的な隔たりがないぶんだけ、はるかに距離が近い。

翼が勇気を振り絞って手を伸ばせば、掌中に蠱惑的なふくらみを収めることができるに違いない。もっとも女よりも大きい男の手のひらだとしても、Gカップのふくらみを完全に収めきることはできないだろう。

「もう、そんなエッチな目で見つめられたら、身体が熱くなっちゃう。見て、おっぱいの先がこんなにぴぃんって硬くなっちゃうわ」

亜矢はぷるぷると弾む乳房を、翼に向かって突き出してみせた。

「こっ、こんなの……ヤバすぎます。エロすぎますっ」

「あらあ、エロいのはお嫌い？　だったら、ちょっと残念だけど、このまま帰ったほうがいいのかしらぁ？」

年下の男の揺れ惑う胸中を弄ぶように、肢体を悩ましくくねらせながら亜矢は少し意地の悪い言葉を口にした。

官能的すぎる女体をここまで見せつけられたら、翼の心だけではなく、身体にも確実に変化が起きはじめていた。

スラックスの中では牡茎が逞しさを滾らせ、窮屈そうにスラックスの前合わせを押しあげている。

目の前で挑発的なポーズを決める亜矢にはわからないだろうが、男には分身の理想的なポジションというものがある。それが少しでもずれると、痛みや違和感を覚えてしまうものなのだ。

しかし、優美さを滲ませる亜矢の目の前で自らの指先で、大きさを変えたペニスの位置を変えるのは躊躇われた。翼はもどかしげに腰をかすかに揺さぶった。

「んふっ、顔が赤くなっちゃってる。わたしの身体を見て興奮してくれてるんだったらすっごく嬉しいわ。だって女として魅力的に見えるってことでしょう」

デスクに腰をかけた亜矢のウエストラインには、超ミニ丈のピンク色のパンツがわずかに食い込んでいる。

息遣いに合わせて弾む双子のような乳房だけではなく、下半身にも熟れた肉がついているのがわかる。

どうして女の身体というのは、男とはこうも肉づきや肉の質感が違うのだろう。翼の視線を煽るようにときおり組み替える、むちむちとした太腿やふくらはぎはしっとりとした艶を孕んでいる。

「あん、そんなにじっと見つめられたら、身体が火照ってどうしようもなくなっちゃうじゃない……」

亜矢は右手を扇に見立てて頬の辺りをひらひらとあおぐと、ウエストのラインで留まった超ミニ丈のパンツの前合わせボタンをもったいをつけるように外した。

ぷちんという生々しい音が聞こえると同時に、下腹部を包むファスナーもほんの少しだけさがる。頭では無遠慮な視線を注いではいけないと思っても、眼差しを逸らすことができない。

「恥ずかしいわ。結婚前より少し太っちゃったのよ。でも、女は少しふくよかなほうがいいって言ってくれる男性もいるんだけど……」

少し照れたように微笑むと、デスクに腰をおろした亜矢は下半身をくねらせながら、超ミニ丈のパンツをそろそろりとずりおろした。

ミニ丈のパンツの下に穿いていたのは、ブラジャーとお揃いの蝶のモチーフがフロント部分に縫いつけられた黒いショーツだった。

ポロシャツとブラジャーは着けているのに、下半身は決して面積が大きいとは言えないショーツだけという姿になる。三十代後半の人妻らしく、女丘がふっくらとした稜線を描いていた。

「ねえ、どう？」

亜矢はデスクの上で、わざと肉感的な太腿を左右に広げてみせた。太腿の付け根の秘められた部分を隠す、船底形の布地は決して大きくはない。ショーツだけになったことにより、牡を求める熟女の下半身から放たれる酸味を含んだ甘ったるい香りが強くなる。

「どっ、どうって言われても……」

裏返りそうになる声を押し殺すのがやっとだ。翼は口元を不規則に引き攣らせた。

「パクチー抜きなんて大胆なリクエストをしたのに、意外と奥手なのね。でも、そういうのって嫌いじゃないわ」

大きな瞳を細めると、亜矢は漆黒のショーツの船底部分に左手の指先をかけた。

「あん、もう……ショーツが、お股のところが濡れちゃってるぅっ」

淫靡すぎる囁きが翼の心臓を射抜く。亜矢は指先に力を込めると、ショーツの底布の部分を左の太腿の付け根にぐっと引き寄せた。

牡の視線に昂ぶっている蜜肉が露わになる。手入れをしているのだろうか。大淫唇には縮れた毛が見当たらない。

指先が布地をかき寄せた部分には、縦長の媚肉が潜んでいた。会社と自宅を往復するだけの日々では、決して目の当たりにすることはない部分だ。

三十代後半の秘唇は、すでにとろりとした牝蜜を滲ませていた。完熟した桃を思わせる色合いのクレバスはきっちりとした谷を刻んで、やや色素が沈着した大き目の花びらが顔をのぞかせている。

「もう、女からこんなに誘っているのよっ」

亜矢の唇から、年下の男を自らの熟れた肢体で挑発する言葉がこぼれた。ここがオフィスでなく自宅ならば、間違いなく過度なフェロモンを撒き散らす彼女の肢体にむしゃぶりつくところだ。

「くううう……」

翼は拳を握り締めると、宙を仰ぎ見た。それだけではない、スラックスに覆い隠されている肉柱は、翼がわずかに下半身を揺さぶったことによって、本来のベストなポジションに移動していた。

「ねえ、欲しくないの？　エッチなこと、したいんでしょう？」

亜矢は上半身にはポロシャツとブラジャーを着けてはいるものの、下半身には黒いショーツと足先をお義理程度に覆う薄手のベージュのソックスしか着けていない。その姿は全裸よりもはるかに淫靡に思える。

普段は自他ともに認める草食系の翼の視線に、獲物を狙う猛禽類の鋭さが宿りはじめる。

「もう、亜矢さんって無茶苦茶ですよっ」

癇癪を起こしたような声で唸るように言うなり、翼は蠱惑的な曲線を見せびらかす右の乳房にむしゃぶりついた。

濃いめのカフェオレ色の乳首の根元に軽く歯をあてがい、やや毛穴が目立つ表面をれろりれろりと舐め回す。

「あっ、ああん、いいっ……。こういうの、こういう感じって、すごく刺激的だわ」

亜矢はくるんとカールさせたピンクブラウンの髪の毛が絡みつく、白い喉元を大きくしならせた。

「そうよ、いいわ、おっぱい感じちゃうの。もっともっと感じさせて……」

亜矢は真っ赤な唇から熱い吐息を吐き洩らしながら、淫らなおねだりを口にした。

翼はミルクがたっぷりと入ったコーヒーのような色合いの乳首に、軽く前歯をあてがうと、乳首の根元を前歯で甘噛みしながら、その表面をゆるゆると舌先で舐めあげる。

途端に亜矢の声色が艶を増していく。亜矢は綺麗なウエーブを描く髪を揺さぶった。しかし、淫らな快感を求めるように、さらに胸元を突き出す。

「亜矢さんって本当にいやらしいんですね。お股の辺りからオマ×コの匂いが漂ってきていますよ」

翼はわざと下品な言いかたをした。年下の男にとっては精いっぱいの虚勢のつもりだ。

「ああん、そんな……そんなこと……言われたら……余計に濡れちゃうっ……」

亜矢はヒップをくねらせた。それとて、若牡を煽り立てるポーズに思えてしまう。

翼は口の中に含んだ乳首を丹念に舐め回した。乳暈の中からぴぃんと突き出したそれは、まるでラズベリーやクランベリーを連想させる。

翼は可憐な果実に執念ぶかく舌先をまとわりつかせた。亜矢の声色が悩ましさを増していく。

舌先を執念ぶかく舐りつかせると、亜矢はデスクについた熟れ尻を揺さぶった。

「ああん、エッチなんだからぁ……どんどん溢れてきちゃうじゃないのっ……」

亜矢の声のトーンがあがる。ショーツを掴む彼女の指の先が、花びらのあわいに伸びた瞬間だった。青ヤギや赤貝を思わせる、色味を増した肉厚の花弁の隙間から濃厚な牝蜜が滴り落ちる。

「ああん、おっぱいもいいけれど、アソコが一番感じちゃうの。ねえ、いっぱい可愛がって欲しいのっ」

亜矢の唇から可愛がってという言葉が洩れる。それは恋愛のひとコマにおける甘い誘い文句ではなく、この束の間に対するものだということはわかる。

女盛りを自称する亜矢は、ことセックスに関して強欲なタイプのようだ。気持ちよくなりたいなら、まずはあなたから性的な奉仕をして欲しいとせがんでくる。

「亜矢さんのここ、すごくいい香りですよ」

大きく左右に割り開かれた太腿の付け根に顔を近づけながら、翼は甘酸っぱい匂いを胸の底深く吸い込みながら囁いた。

下半身から匂い立つ甘い香りが、よりいかがわしさを滲ませる。その馥郁たる香りが、夜のオフィスを淫靡な空間に変えていく。

熟れた牝の香りに魅了されるように、翼は無意識のうちに椅子から尻をあげ中腰になっていた。不思議なことに全裸よりもところどころが布地で覆い隠されてるほうが、背徳感をいっそう盛りあげるみたいだ。

「亜矢さんって、十分に色っぽいですよ。こんなおっきいおっぱいを見せつけられたら、エッチな気分にならない男のほうがどうかしていますよ」

翼はフルマラソンを走っているランナーのように呼吸を荒げながら、亜矢の左の乳房を右手で鷲摑みにした。

大ぶりの小玉スイカのような乳房は、手のひらには収まりきらない。翼は指先に力を込めると、乳房の弾力を確かめるように指先を食い込ませた。

同僚がいないとはいえ、職場でこんなにも卑猥なことをしている。剛史がどれだけ願おうと叶わなかったことをしている。そう思うだけで、下半身がどくどくと脈打ってしまう。

「アソコも、おっぱいも、すごくエッチだよ……！」

「そうよ、エッチだったらイケない？」

まるで開き直るみたいに、亜矢は満面の笑みを浮かべた。

「ねえ、言ったでしょう。たっぷりと可愛がってって」

亜矢は翼に熱い視線を投げかけると、黒いショーツの上縁を左右の指先で摑んだ。

食い入るように見つめる若牡の表情を楽しむように、熟れきったヒップを左右にくねらせながらショーツを少しずつ脱ぎおろしていく。

「あっ……」

翼の唇から短い驚きの声が洩れる。

大淫唇は無毛状態だが、恥丘にはショーツからはみ出さないようにやや縦長に整えた縮れ毛がびっしりと生い繁っていた。

地肌が透けて見えないほどの密度の濃さは、まるで亜矢の性欲の強さに比例しているかのようだ。

「ふふっ、舐めやすいようにお股は綺麗に剃っているのよ。ねえ、お願い。たっぷりと舐めて欲しいの。いっぱい舐めてくれたら、お返しにオチ×チンがふやけるくらいにしゃぶってあげるから」

亜矢は甘え声で囁きながら、剝き出しになった下半身をくねらせた。それだけではない。ここを舐めてと言わんばかりに、両の指先を使って大淫唇を左右に割り広げて、肉厚の花びらを露出させた。

花びらの合わせ目で息づく女核はすでに充血して、薄い肉膜からにゅんと飛び出している。牝蕾はかなり大きめで、直径一センチ近くありそうに見える。

中腰のままの前傾姿勢では、色白の太腿の付け根に顔を埋めるのは難しそうだ。翼はデスクの前に膝をつくと、芳醇な匂いを漂わせる秘唇に顔を近づけた。

舌先をぐっと伸ばすと、二枚の花びらの上をちろりと舐めあげる。

「ああんっ、いいわっ、やっぱりクンニって最高。指とかもいいけれど、このぬめぬめした感じは舌じゃないと……」

亜矢は舐めやすいようにと、自ら尻を揺さぶってデスクの縁へと移動した。

「はあっ、たっぷりと舐め舐めしてえっ」

亜矢は大きくしならせた身体を支えるように、デスクに後ろ手をついた。真っ赤な唇から悩ましい呼吸が洩れるたびに、ブラジャーからこぼれ落ちた乳房がふるふると弾むように揺れている。

ちゅるっ、ちろりっ……。

翼は上目遣いで亜矢の反応を確かめながら、じっくりと舌先を操る。寄り添うような花びらの隙間に舌先を潜り込ませると、とろっとろの蜜液が滴り落ちてきた。

甘酸っぱい女蜜の中に、かすかな汗の匂いも混ざっているようだ。それは決して不快な香りではなかった。むしろ、鼻先を寄せてずっと嗅いでいたくなるような魅惑的な香りだ。

「あーん、いいわっ。オマ×コを舐められるの大好きなの。お股がじんじんして、オマ×コのことしか考えられなくなっちゃうっ。ねえ、お指も頂戴っ」

亜矢は乳房を揺さぶりながら、まだまだ女との駆け引きには疎い翼が戸惑ってしまうような淫らなおねだりを口にする。

「お指って……」

「もう、初心なのもいいけれど……。オマ×コの中にお指を入れてかき回しながら、ラビアやクリトリスを舐め舐めされたいの。そうされると、もっともっと感じちゃうのっ……」

亜矢は下半身を包む快感を堪能するように、ぎゅっと瞳を閉じている。マスカラで強調された長いまつ毛が小さく震えている。

翼は右手の人差し指の先で、唾液と蜜まみれの花びらのあわいをそっとなぞりあげた。潤みの強い蜜に絡め取られるみたいに、指先が花びらの隙間に引きずり込まれる。

「アーン、挿入(はい)ってくるぅ……お指が挿入(はい)ってくるぅっ」

歓喜の喘ぎが亜矢の唇から迸る。甲高い声は、年下の男への声援(エール)みたいだ。翼は女壺の中を探るように、指先をゆっくりと抜き差しした。

もちろん、花びらや淫蕾を舌先で愛撫することも忘れない。

ぢゅぷっ、ちゅるっ、ずるちゅっ……。

蜜壺をかき回す音と、ちゅんと尖り立ったクリトリスを舐め回す湿っぽい音が絶妙なハーモニーを奏でる。

「ああっ、いいわ。お指で悪戯されながら、舐められるのって……。ああん、気持ちがよすぎて、頭がヘンになっちゃいそうっ……」

亜矢は途切れ途切れの声を洩らしながら、肢体をくねらせた。弓のようにしなった身体を支えていた左手が、柔らかく弾む乳房へと伸びる。

亜矢は左手で乳房を支えるように持つと、マニキュアを施した指先をきゅっと食い込ませた。乳暈を親指と中指で摑み、痛いくらいにしこり立って見える乳首を人差し指の先で引っかくように刺激している。

　見ているだけで危うく暴発してしまいそうになってしまう。欲張りな亜矢のことだ。自分が絶頂を迎えるまでは、絶対に翼に指先や舌先による奉仕をねだるに決まっている。

　ならば、少しでも早く亜矢を絶頂の高みへと追いやるしかない。このままでは、気を抜いた途端にスラックスに包まれたペニスの先端から、白濁液を乱射してしまいそうだ。

　翼は舌の動きを止めると、指先を秘壺に埋め込んだまま大きく深呼吸をした。次の瞬間、膣壁を抉るように指先を前後に動かしながら、鬱血しきった淫核に狙いを定めて激しく舌先で舐め回す。

「ひっ、ああーんっ、すごっ……すごいっ……アッ、アソコがアソコがぁ……」

　亜矢は乳房に指先をむぎゅっと食い込ませながら、喉を絞った。半開きの唇が、酸欠の熱帯魚みたいに不規則な蠢きを繰り返す。

　これ見よがしに大きく左右に広げた太腿の内側に、力が入っているのがわかる。もう絶頂はそこまで近づいている。翼はクリトリスに吸いつくと、舌先を密着させたまま小刻みに振り動かした。

「あっ、ああーんっ、そんなにそんなに激しくしたら、クリちゃんが取れちゃうっ。アソコが……ヘンになっちゃっ……はあっ……もっ、もうっ……イッ、イクッ、イッちゃうぅっ！」

机にヒップをついた亜矢は、大きく身体を弾ませた。舌先が密着した淫蕾が絶頂の激しさを訴えるように、とくとくと脈を打ちながら舌先を押し返してくる。まるで、股間にもうひとつの心臓があるみたいだ。

「はあっ、アソコが蕩けちゃうっ……」

亜矢はよろけるように机からおりると、床の上に崩れるように膝をついた。

「約束だものね……ふやけるくらいに、たっぷりとオチ×チンをしゃぶってあげるわね。さっ、立ちあがって」

促（うなが）されるままに、床の上に膝をついていた翼は立ちあがった。すかさずマニキュアを塗った指先が、スラックスへと伸びてくる。ほっそりとした指先はあっという間に、スラックスのベルトを外すと、前合わせのホックを外し、ファスナーを引きずりおろした。

さらに、留まるものを失ったスラックスとトランクスをひとまとめにして、膝の辺りまで押しさげる。その手捌（てさば）きは見惚（みと）れてしまうほどに鮮やかだ。

「あら、嬉しくなっちゃうくらいにガチンガチンになっちゃってる。こんなにフル勃起しながら、クンニをしてくれてたなんて感激だわ」

亜矢は大きな瞳を輝かせると、これ以上は開かないのではないかと思うくらいに大きく口を開くと、ペニスをずるりと飲み込んだ。

血色がいい頬がすぼまった途端、温かくぬめ返る口内粘膜が肉柱にまとわりついてくる。同時に、裏筋の辺りをねっとりとした舌先がちろちちと這い回る。

「くわっ、気持ちいいっ……」

たまらず、翼は背筋を戦慄(おのの)かせた。快感を押し殺すように、目の前にしゃがみ込んだ亜矢の後頭部に手を回す。

ずるりっ。水っぽい音を立てて、亜矢は咥え込んでいたペニスを解放した。

「えっ……」

生温かい舌先がペニスに巻きつく甘美感を堪能していた翼は肩透かしを食らったように思い、亜矢に抗議の視線を向けた。

「ふやけるぐらいにしゃぶってあげるって言ったでしょう。お楽しみはこ・れ・か・ら・よ」

亜矢は深紅のルージュを塗った唇を開くと、表面が粒だった舌先を伸ばしてちろちろと揺さぶってみせた。卑猥さが滲む仕草に、いやでもふしだらな期待が湧きあがってくる。

「あっ、ああっ、早くっ……」

劣情に逸る翼は下半身を前後に振って、淫らなリクエストをした。

「じゃあ、たっぷりとね」

スローなテンポで囁くと、亜矢は再び肉柱に唇を近づけた。大きく口を開くと、ゆっくりと亀頭を含んでいく。牡にとって一番敏感な器官が、異性の体内に包み込まれる感覚。

じゅぶ、ぢゅぶぶっ……。

口の中は温度がやや高く、ぬめぬめとした粘膜が肉幹にぴったりと張りついてくる。予測ができない動きを見せる舌先が、巻きつくように絡んでくる感触もたまらない。

亜矢の後頭部を抱き寄せたまま、翼は顎先を突き出した。

亀頭が喉の最奥にぶつかったときだ。亜矢は大きく息を吸い込むように、口元をもごもごと蠢かせた。すると、行き止まりだと思っていた喉の奥が少しずつ開き、亀頭をさらに深々と飲み込んでいく。

「うわっ、なんだこれっ……」

狭すぎる洞窟の中に、ペニスがずるずると引きずり込まれていくみたいだ。視線を落とすと、怒張の根元近くまでしっかりと咥えこまれている。

まっ、まさか、これって……これがディープスロートってやつなのか……。

アダルトビデオなどで知識だけはあるが、実際に経験するのははじめてだ。下腹が抜け落ちそうなその快感は、普通のフェラチオとは比べ物にならないくらいだ。どうすればこんなにも深々と牡の杭を喉の奥に受け入れられるのか、想像さえできない。

強引に広げられた狭い喉の奥に招き入れられた亀頭が、きゅん、ぎゅんっと不規則なリズムで締めあげられる。極上の甘美感に膝が震えてしまいそうだ。

「あっ、そんな……キツいっ……キツすぎるうっ……こんな、こんなにぎゅって締めつけられたら、ああっ……」

堪えようとしても、玉袋の裏側の辺りからエクスタシーが押し寄せてくる。頭を左右に振って身悶える翼の姿に、亜矢はいいのよというように目元を和らげると、なおいっそう舌先を情熱的にまとわりつかせた。

「あっ、もっ、もう……でっ、射精ちゃうっ、射精ちゃいますっ……！」

草食系の翼が肉食獣を思わせる声をあげ、亜矢の頭を左右から掴んで腰を突き出した。その刹那、亜矢の喉の奥に飲み込まれたペニスの先端から若牡のエキスがびゅっ、びゅっと噴きあがる。

「あ、ああっ、亜矢さんっ」

熟女の口へ体液を放出する、背徳混じりの快楽。

翼は亜矢の頭を押さえるように固定し、その奥へ白濁を注ぎ続けた。

亜矢はたじろぐことなく、青臭いであろう樹液を受け止めた。それだけではない、噴きあげるタイミングに合わせるように、頬をすぼめてずずうっと喉を鳴らしながら、尿道の中の残滓まで吸いあげようとするのだ。

長い射精が終わり、翼が離れようとしても、亜矢は鼻を鳴らして吸い上げた。

「ああ、そんなっ」

射精したばかりのペニスに舌先がまとわりつくと、くすぐったいような感覚を覚えてしまう。翼は腰をひねって亜矢の口撃からようやっとの思いで逃れた。

「うーん、濃いのがいっぱい射精(で)てきたわ。やっぱり若い子の精液はいいわ。体内から若返っちゃうみたい」

うっすらと濡れた口元を指先で拭う亜矢は、まるで男から精を吸いとる淫魔(サキュバス)みたいだ。

「一度抜いておいたほうが、じっくりと楽しめるでしょう? さあ、今度はオチ×チンでたっぷりと可愛がってね。ねえ、どこで楽しむ。そうだわ、オフィスの窓際で立ってなんて興奮しちゃいそうっ……」

亜矢の瞳にはうっすらと水膜が張っている。窓際といっても単なる雑居ビルなので、タワーマンションのように夜景を望めるわけではない。窓際に立ったところで、見えるのは隣のビルの壁と小さな窓ぐらいなものだ。

それでも、亜矢を昂ぶらせるには十分らしい。彼女は窓際に手をつくと、逆ハート形の熟れ尻をぐっと突き出し揺さぶってみせた。

下半身には薄手のソックスしか履いていないのに、胸元までまくれあがっているとはいえポロシャツは着たままというなんとも挑発的な格好だ。

翼も似たようなものだ。ワイシャツは着ているが、スラックスとトランクスは膝までずりおろしている。それはもはや邪魔な布切れでしかなかった。翼はスラックスとトランクスをまとめて脱ぎ捨てた。

「あーん、早くぅ、後ろから思いっきり挿入れて」

翼のほうを振り返りながら、亜矢は弾力に満ちた尻を円を描くように振った。発情した牝のフェロモンの香りが強くなる。ディープスロートで一度発射させられているというのに、翼の牡杭は少しも力を失ってはいなかった。

翼は手のひらに吸いつくような熟れ尻をしっかりと抱き抱えると、背後から一気に貫いた。女の洞窟の中は指先での愛撫によって、すっかり肉がこなれきって肉幹に取り縋ってくる。

「ああん、お指でぐりぐりされるのもいいけれど、やっぱりオチ×チンが一番いいわ。フィット感が違うっていうのかしら……」

ガラス窓についた亜矢の指先に力がこもる。前後に振り動かす翼の腰使いを味わうだけではなく、亜矢はミツバチがダンスを踊るようにヒップをくねらせる。

直線的な動きと円運動が重なることで、深々と繋がった男女の結合部がぐちゅ、ぢゅるちゅっという淫猥な音を奏でる。窓の外は暗いので、上半身には衣服を着けたまま、後背位で剝き出しの下半身をぶつけ合う姿が、窓ガラスに映り込んでいる。

「いいわぁ、こんな場所でなんて……。すっごく感じちゃうっ。ものすごくイケないことをしている気分になっちゃうの。でも、感じちゃうんだもの。ねえ、ガラスに映ったわたしの姿ってどう？　色っぽく見える？」

亜矢にとっては、セックスは自分が女として通用するかを確認するための手段みたいだ。見知らぬ男が自分の身体や淫技に昂ぶる姿を見て、自身の女としての価値を再確認している。そんな気がしてならない。

「色っぽいですよ、亜矢さんは。身体もなにもかもがエロくて、オチ×チンが硬くなりっぱなしですよ」

翼は亜矢を褒め称える言葉を口にしながら、背後からこんなにも硬くなっているんだと訴えるように腰を跳ねあげた。

「ああん、いいっ、本当だわ。こんなに硬い……硬いの大好きなの。硬いオチ×チンが好きで……好きでたまらないのっ……」

亜矢は背筋をしならせて快美に咽んだ。ポロシャツからこぼれた砲弾みたいな乳房が窓ガラスに当たり、その形を崩している。それがなんとも卑猥に見える。

翼は亜矢の上半身に両手を回すと、窓ガラスに当たっていた乳房を鷲掴みにした。

「他人の会社で後ろからされて悦ぶなんて、どこまでスケベなんですか。こんな姿を旦那さんが見たら、どう思うんですかね」

「ああん、こんなときに旦那のことなんて言わないでぇ……。いいのよ、構ってくれない旦那が悪いんだから。エッチを楽しむのはわたしの権利だわ。だって女の盛りは短いのよ」

多少の罪悪感からだろうか、牡槍を咥え込んだ秘芯がぎゅんと収縮をする。しかし、その姿には翼の言葉を否定するのではなく、このシチュエーションを楽しんでいることが見え隠れする。亜矢にとっては見知らぬ男との秘め事は、自身の女の部分を保つために欠かせないことなのだろう。

「ああん、意地悪なことを言わないで、思いっきりずこずこしてよ。いいのよ、膣内にいっぱい発射してっ、濃いのを射精してよ」

「ほっ、本当に亜矢さんみたいなエッチな女は見たことがないですよ」

　翼は鷲掴みにしていた亜矢の乳房の頂上に息づく、乳首を乳輪に押し込むように指先でリズミカルに刺激した。

「ああんっ、いいっ、おっぱいも同時になんて……はあっ、いっきに……いっきにヘンになるっ……ねえ、イクときは一緒よ。ねえ、いっ、一緒にイッてえーっ！」

「はあっ、ぼっ、僕だって、だっ、発射したいっ。亜矢さんのオマ×コの中にぶち撒けたい。うあっ、でっ、射精るっ！」

　窓ガラスに身体を預けるようにしながら、肉の欲望をぶつけ合うふたりの結合部の深淵で小宇宙が爆発した。

　びゅっ、びゅんっ、びゅびゅんっ……。

「うあっ、おあっ……！」

「んんっ、ああーんっ……いいいぃっ！」

弾け飛ぶその熱さにたじろぐように、ふたりの唇から切れ切れの吐息が洩れる。

ふたりはそのまま崩れるように、床の上にへたり込んだ。亜矢がもう一度唇を重ねてくる。甘さを帯びた呼気の中には、かすかに翼が放った樹液の香りが混ざっていた。

第五章　セレブ若奥様の媚肉

翼はすっかり出前アプリにハマっていた。最近では仕事中にも出前アプリのリクエスト欄に書く内容を考えてしまうほどだ。

もちろん、百発百中ということはない。平日の午後二時すぎが狙い目だということは、経験からなんとなくわかっている。それでも、こちらから人妻や熟女を指名できるわけではない。

リクエスト欄に書き込みをしたとしても、配達員が溌剌とした若さを撒き散らす十代後半から二十代前半の娘の場合は、出前を届けるとちょっとした世間話さえする時間も惜しむように帰ってしまう。

亜矢とのオフィスでの刺激的すぎる夜から、二週間ほどが経過していた。その間に二度『Wober』を利用したが、どちらも若い娘が届けにきて肩透かしを食らった格好だ。

いまの時点では四勝三敗というところだ。勝率にこだわるわけではないが、情熱的な人妻たちの痴態を思い出すと、身体の芯が疼いてしまうのを抑えられない。こうなって、はじめて剛史の心情がほんの少しだけ理解できる気がした。

剛史も相変わらず『Wober』を利用し続けている。最近では登録しているのは自身の顔写真ではなく、学生時代の友人のイケメンから借りたものだ。

もしも剛史がたまたまリクエスト欄にサインになる合図の書き込みをしたとしても、他人の顔写真を登録している時点で、人妻たちから誘われることはないだろう。

休日の午後三時すぎ、洗濯などの雑用を済ませると、翼はいままで出前アプリで頼んだメニューを思い返しながら書き記した。

成功したのは、ツユダク、玉ネギ抜きの牛丼。ピクルスマシマシのハンバーガーのセット。つけ合わせのコーンをブロッコリーにチェンジしたステーキ弁当。セットになっているサラダからパクチーを抜いたガパオライスだ。

思えばリクエスト欄の秘密さえも知らずに頼んだのは、ツユダクで玉ネギ抜きの牛丼だった。合図を出したからといって依頼者を誘惑しようとする人妻に当たるとは限らないが、今度こそ勝てるようゲンをかついで、この注文を出すことにする。

さっそくアプリを起動し、注文が確定すると、配達員の名前が記された。それほど時間はかからないが、いつも以上に待ち遠しく思える。

翼は玄関に置いてある郵便物などを片付けながら、到着を待ち構えた。ランチタイムを過ぎているということもあって、二十分足らずで玄関のチャイムが鳴った。

いまかいまかと待ち構えていたのでは、心に余裕がないように思われてしまいそうだ。翼はひと呼吸おいてから、玄関ののぞき窓からようすをうかがった。

ドアの向こう側にいたのは、見覚えがある艶やかなピンク色のポロシャツに身を包んだ女性だった。

「はい、いま開けます」

翼は鍵を開けると、ドアを開けた。

えっ……。

いままで感じたことのない違和感に、翼は思わず驚きの声を洩らしそうになった。現れたのは三十代前半くらいの女性だった。制服のポロシャツを着ているのは、他の配達員たちと変わらない。

ポロシャツの下に穿いているのは、サイクリング用のパンツや超ミニ丈のパンツではなかった。彼女の下半身を包んでいたのは、品のいいアイボリーのキュロットスカートだった。

いままでの配達員たちは熟れ頃のヒップラインや太腿の曲線美を見せつけるように、膝よりもかなり短い丈のパンツを穿いていた。しかし、彼女が穿いているアイボリーのキュロットスカートは膝が隠れそうな長さだ。

ふくらはぎを包んでいるのはキュロットスカートと同じ色合いのソックスで、足元にはハイカットのスニーカーを履いている。そのスニーカーにはさり気なく、高級なブランドのロゴマークがあしらわれている。

それだけではない。艶々とした黒髪は両サイドを後頭部で軽くまとめていた。肩甲骨の辺りまで伸びた髪の毛は、まるで美容院でセットでもしたかのように大きくくらせん状に巻かれている。

そうかといって、メイクは決して派手ではない。くっきりとした二重まぶたと小鼻の控えめな鼻筋と柔らかそうな小ぶりの唇が印象的だ。

ナチュラルメイクなのに、大きなカールを描くヘアスタイルに顔立ちが負けていない。

さりげなくハイブランドを身にまとう姿は、自転車に跨って大きな配達用のバッグを担いでアルバイトをしているとは思えない。

「お待たせしました。『Wober』のお届けに参りました。遥佳と申します」

大きな配達バッグを抱えて玄関に入ってきた遥佳は、こちらが恐縮してしまうくらいに丁重に挨拶をすると、深々と頭を垂れた。

翼の視線は知らず知らずのうちに彼女の左手の指先を捉えた。V字形の結婚指輪と重なるようにダイヤモンドの立て爪の指輪が嵌められている。宝石類には疎い翼でさえも大きさに驚いてしまうほど、大粒のダイヤモンドだ。

「僕はそういうのには詳しくないんですが、なんだかすごい指輪ですね」

翼は驚嘆交じりに言った。

「ああっ、これですか。結婚指輪と婚約指輪がセットで付けられるようにって、夫が……」

遥佳は少し恥ずかしそうに言うと、さりげなく左手を隠す仕草をした。

「わたしはこんなに目立つ指輪は要らないって言ったんですけど、夫が周りとの兼ね合いもあるからって……」

「でも、それって、それだけ愛されてるからじゃないですか」

「夫は事業をしているので、わたしにもそれに見合うように振る舞って欲しいって言うんですけど、わたしって元々は超がつくような庶民なんです。たまたま仕事先で出会った夫に交際を申し込まれて……。結婚する前から大変だろうなって思ってはいたんですけれど、結婚したら今度は夫の仕事の取引先の関係の奥さまたちとも付き合わなくてはいけなくなって……。そういう気取った関係って、疲れちゃうんですよね」

遥佳はため息交じりに呟いた。

「でも、お付き合いとかもあるんだったら、アルバイトをする時間なんてないんじゃないですか？」

「そこはあれこれと理由をつけて、できるだけお断りをしてるんです。昼間っからお洒落をして、ランチだショッピングだって連れ回されるのって苦手なんです。みんなはブランド品とかお洒落な飲食店なんかに詳しいのに、わたしは会話についていくことができなくて……。それよりもこうやって知っている人がいない場所で、自転車で自由に走り回ってるほうが性に合っているみたいなんです」

遥佳は少し儚げに微笑んでみせた。優雅そうに見えるセレブな若奥さまにも、いろいろと気苦労があるらしい。はじめて会った翼にこんな悩みを打ち明けたのも、二度と会うことはないだろうという気安さからなのだろう。

「あら、いやだ。わたしったらお客さまにこんなつまらないことをお話しするなんて。本当にごめんなさいね」

遥佳は保温バッグから牛丼を取り出すと、翼に手渡した。

「ご注文は並盛の牛丼のツユダクでしたね。ご要望どおり玉ネギも抜いてあります」

注文票を確認し、遥佳は再び深々と頭を垂れると翼に背中を向けてドアから出ようとする。翼の脳裏に、明るい笑顔だけを残して帰っていた若い娘と遥佳の姿が重なった。

ビギナーズラックの再来を夢見ていた翼は拍子抜けしそうになったが、ここでそのまま返しては幸運の女神に見捨てられたような気持ちになってしまう。

「あっ、あの……僕、リクエスト欄にツユダクと、玉ネギ抜きでって書いたんですけど……」

「ええ、存じあげています。だから、ご要望のとおりのお品をお持ちしました。お会計はご注文時に決済されていますし……」

遥佳が振り返り、不思議そうに答える。

「あっ、だから……それはそうじゃなくて……」

このまま遥佳を返したくない。翼の胸の奥底から狂おしいような感情が込みあげてくる。気が付くと、遥佳の右の手首を摑んでいた。

「あっ、あの……」

くっきりとした弧を描く遥佳の瞳に、明らかに戸惑いの色が広がる。大きく見開いた瞳は虹彩の色合いが淡く、じっと見つめていると吸い寄せられそうだ。

翼は短く息を吐くと、やや膝を落として可愛らしい口元に唇を寄せた。

ふにゅっとした感触で唇が重なる。遥佳はかすかに頭を左右に振って逃れようとした。翼は逃さないというように、さらに強く唇を押しつけた。舌先を絡める大人の口づけではなく、柔らかな唇の表面同士が触れ合うだけのキス。

唇を重ねただけで、心臓がばくばくと音を立ててしまう。思えば、人妻から誘惑をされるばかりで、自分から仕掛けたことは一度もなかった。

普段は草食系を自負する翼自身が驚いてしまう大胆な行為だ。しかし、言葉を選びながらも悩みを口にする遥佳の姿を見ていると、どうにもこうにも抑えが利かなくなってしまう。

「あっ……」

遥佳の唇からかすかな声が洩れる。それは暴走する若牡から必死で逃れようと足掻(あが)くものではなく、どこか甘さを感じさせるものだった。

息苦しさを覚えるような口づけが異様に長く思える。翼はようやく唇を離した。

「ごめんなさいっ、遥佳さんの顔を見ていたら、我慢できなくなっちゃって」

苦しい言い訳が口をつく。

「実は、リクエスト欄に希望を書くと……なんていうか……その……」

翼は大胆な行動に打ってでた秘密を打ち明けようとした。しかし、上手い言いかたが見つからない。遥佳はリクエスト欄の秘密を全く知らないようだ。

彼女は翼の顔をまじまじと見返した。

「私に興奮しちゃったの？　あなたみたいに若い子だったら、いくらでも恋人くらいいそうなのに……」

「ダッ、ダメですよ、僕なんて……」

翼は謙遜（けんそん）するように頭を振った。

「ダメなんて、そんな簡単に言わないほうがいいわ」

自信なさげに言葉を濁す翼に、遥佳はかすかに目元を緩め笑みを浮かべた。それが翼の背中を押す。

「だって遥佳さん綺麗だし、色っぽいから……つい」

暴挙に走ってしまった翼は、思いつく限りの褒め言葉を並べた。

「そんなふうに褒めてくれるけれど、きっとわたしのほうがずいぶんと年上のはずですよ」

「ずいぶんって、僕は二十五歳なんですけど」

「だったら、わたしのほうが七つも年上だわ」

「でっ、でも……本当に綺麗だし、色っぽいって思ったのも事実です」

「そういうふうに言われると、嬉しいけれど……。いつもは周囲から地味だって、もっと華やかな格好をしろって嫌味ばかり言われてるんですもの」

「本当ですよ。きっと遥佳さんが綺麗だから、焼き餅を妬いて意地悪を言ってるんですよ。遥佳さんが綺麗だから、僕っ……」

言葉では男は女には絶対に敵わない。

上手く伝えられないもどかしさに翼は眉頭に皺を刻むと、左手で遥佳の右の手首を摑み、薄手のデニム生地の短パンに包まれた下腹部に近づけた。

「あっ……」

遥佳の唇から短い驚きの声が洩れる。

「ほら、もうこんなになっちゃってるんです」

翼は彼女の手の甲に手のひらを重ねて、威きり勃ったものに押しつける。

「ああんっ、本当だわ。こんなになっちゃってるなんて……」

彼女の指先が、逞しさを漲らせた肉柱の上で戸惑うように小さく蠢く。それでも、翼は手の甲に重ねた手のひらから力を抜こうとはしなかった。

翼は見るからに強面でもなければ、その体格も決して屈強なタイプではない。

ましてや、ここは人里離れた山奥などではない。遥佳が真剣に拒もうと思えば、翼の手を払いのけるなり、大声を出すなりできるはずだ。

薄手の短パン越しに遥佳のすらりとした指先の温もりを感じるほどに、ペニスに男らしさが流れ込んでいくみたいだ。翼は下半身が脈動を打つのを感じた。

はっきりと拒絶されれば、それまでのことと諦めもつく。しかし、遥佳は呼吸を乱しながらも、短パンの中で息づく屹立から指先を離そうとはしなかった。

「はあ、どんどん硬くなってくるみたいだわ」

うわずった声で囁くと、遥佳は骨ばった肉柱に細い指先をきゅっと食い込ませてきた。キメの細やかな頰がわずかに色づいて見える。

「ああっ、触ってると……なんだかヘンな気分になっちゃうっ」

小ぶりな唇から耳を澄まさなければ、聞こえるか聞こえないかの小さなため息が洩れる。

七歳年上ということは、遥佳は三十二歳だ。ひと粒石の大きなダイヤモンドの指輪を嵌めた人妻が、胸の奥から湧きあがる性的な好奇心にうっすらと頰を染めている。

それを目の当たりにすると、ますます下半身が熱くなるみたいだ。翼は苦悶にも似た呻き声をあげた。ここまできて引き返すことなどできないというように、遥佳が指先を食い込ませるペニスがぴゅくんと上下に弾む。

「ああ、もう……我慢なんてできっこないですよ」

懊悩の声を絞りだしながら、翼はピンク色のポロシャツに包まれた遥佳の胸元に右手を伸ばした。

指先が軽く触れた瞬間、遥佳が一瞬肢体を頑なにする。いままでの人妻たちは嬉々として熟れきった乳房を突き出して、翼の牡の部分を挑発した。

それとは真逆とも思える反応が新鮮だ。翼は右手で蠱惑的な隆起を見せる乳房をむんずと摑んだ。Dカップはあるだろうか。柔らかな丘陵の麓(ふもと)までは完全に掌中にすることはできない。

手のひらにずしりという重量感とむちむちとした弾力を感じる。まるで高反発のスポンジみたいだ。指先に神経を集中させて、その感触を味わう。

「ああんっ……」

遥佳はしどけなく肢体をくねらせた。それなのに、翼の肉茎に食い込ませた指先を離そうとはしない。セレブな若奥さまの中に宿る女の本質が、若い男の手引きによってゆっくりと目を覚ましていくみたいだ。

翼は彼女の肢体を抱き寄せると、スニーカーを脱がせて室内に招き入れた。リビングに立たせた彼女の、ポロシャツに覆い隠されたブラジャーの中身を指先で丹念にまさぐっていくと、かすかな変化を感じる。ブラジャーのカップ越しでも、乳房が全体的に硬さを増しているのがわかった。

乳房の頂点の果実も指先での悪戯に呼応するみたいに、きゅんとしこり立っている。翼はカップ越しに乳首に狙いを定めてこねくり回した。乳暈の色合いや乳首の大きさを想像するだけで、息遣いが乱れてしまう。

翼は右手でポロシャツの裾を摑むと、それをキュロットスカートから引きずり出し、少々手荒にまくりあげた。ピンク色のポロシャツの下から現れたのは、オレンジ色に近い明るいピンク色のブラジャーだった。

乳房全体をすっぽり包むのではなく、あまりにも激しい動きをしたら愛らしい乳首がちらりとはみ出してしまいそうなセクシーなデザインだ。

ハイブランドのスニーカーなどをさりげなく身に着けているだけあって、ランジェリーにも手を抜かないようだ。カップには全体的に繊細な刺繡が施され、カップの縁や肩紐などにもレースやフリルがたっぷりとあしらってある。

少々少女趣味とも思えるデザインだが、どことなくおっとりとした遥佳の雰囲気によく似合っている。

翼はさらに左手も使い、ポロシャツを遥佳の上半身から奪い取った。深々と刻まれた乳房の谷間を前にして、思わず前のめりになってしまう。翼は半開きの唇からぜえはあと息を吐き洩らすと、両手を彼女の背中に回した。

指先の感覚だけでそれを外すのは、女性経験が少ない男にとっては至難の業だ。翼は焦りを見抜かれないようにポーカーフェイスを装いながら、ホック部分を背中からほんの少しだけ浮かせるようにしてぷちんと外し、両腕から引き抜いた。

支えを失った柔乳が、ふるふると弾みながらこぼれ落ちてくる。翼はそれを待ち構えていたように、右の乳房にしゃぶりついた。

乳輪はうっすらと色づいた頬よりも色合いが濃く、人目を誘うように八重の花びらを丸くふくらませて咲く八重桜を思わせる。

その頂点は乳輪よりもさらに色味が強い。まるで胸元に小さな木苺が実っているみたいだ。

三十路の身体は細すぎず、そうかといって余分な肉はついていない。

鎖骨や肋骨が飛び出して見えるほどにスレンダーな肢体は観賞用で、本当にその肌を味わうには、適度な女らしい丸みを帯びているほうがはるかに抱き心地がいい。それは人妻とのセックスで実感したことだ。

「ああんっ……案外強引なのね」

遥佳は露わになった乳房を恥じらうように、熟れ頃の肢体をなまめかしくくねらせた。優雅なカールを描く巻き髪が肩口で揺れている。

前のめりになった翼は上目遣いで、遥佳の表情を窺い見た。乱れる感情を隠しきれないようにぎこちなく左右に揺れ動く瞳と、かすかに蠢く形のよい唇がエロティックだ。

翼は大きく舌先を伸ばすと、彼女に見せつけるようにゆっくりと振り動かした。人妻たちとの情交によって、初心だった翼にも変化が起きていた。

肉体への直接的な刺激だけでなく、視覚を煽り立てられるだけでも心が、身体が火照るのを身をもって経験したからだろう。

「あっ、そういうのって……すっごくエッチだわ」

遥佳は小さく瞬きを繰り返しながら、魅力的な稜線を描く胸元を喘がせた。翼は舌先を尖らせると、つきゅとしこり立った桜色の乳首をちろちろと舐めあげた。力強く舐めるのではなく、触れるか触れないかの繊細なタッチでだ。

「あーんっ、感じちゃうっ、感じちゃうわっ……」

遥佳は白い喉元を大きくしならせて、悩ましい声を洩らした。それが普段は気弱で受け身だった翼に勇気を与える。

今度は舌先を平べったくし、密着させるようにして乳輪ごと円を描くように舐め回す。緩急をつけた舌先での愛撫に、遥佳の頰がさらに上気している。

首筋の辺りから漂う、少しパウダリーな香水の香りが鼻腔をくすぐる。女性らしい匂いに引き寄せられるように、鼻先を寄せるとふんふんと匂いを吸い込み、ほっそりとした首筋をそっと舐めあげる。

「あっ、ああん、そこ……弱いの……」

遥佳は巻き髪を振り乱した。年上の女性が自分の舌先の動きに翻弄されていると思うと、全身に力が漲るみたいだ。

翼は上品なカールを描く髪を乱さないようにそっとかきあげると、緩やかにカーブした耳の縁に舌先をそっと這わせた。

それだけではない。舌先で舐め回しながら、ときどきやんわりと前歯で甘嚙みをする。これは樹里から身をもって教え込まれた愛撫の仕方だ。それを脳裏に思い浮かべながら、丹念に再現していく。

「あんっ、そんな……耳って弱いの。じんじんしちゃうっ……」

上半身にはなにもまとっていない遥佳は切なげに身悶えた。呼吸に合わせて弾む乳房を見ていると、短パンに包まれた下腹部が早く外気に触れたいと訴えるみたいにびくんと脈を刻んだ。

「あっ、まっ、待って……」

セクシーな声を洩らしていた遥佳は、ハッとしたように翼から逃れようとした。配達用のバッグではない私物を入れるバッグからスマホを取り出すと、手早く電源を落とした。電源を落とすだけではなく、わざわざバッテリーも取り外している。

「ああ、一応ね。家の中にこもっていたら息が詰まるって駄々をこねたら、アルバイトをするのは認めてくれたんだけど、わたしの行動は気になって仕方がないみたいなの。まさかとは思うけれど、GPSのアプリとかをこっそり入れられていたら大変でしょう？」

「でも、逆に電源を落としていたりするほうが怪しまれないですか」

「もしも聞かれたら、スマホのバッテリーが切れたって言ってごまかすわ。夫は格好つけだから、バッテリーが切れたって言えば、それ以上の詮索はしないと思うの」

遥佳は秘密というように唇に人差し指を当てると、艶然と笑ってみせた。セレブな奥さまの内面にも、恋愛経験のない小娘とは違う、妙齢の女のしたたかさが潜んでいるようだ。

翼は耳元に舌先を這わせながら、白いキュロットスカートに包まれた下半身へと両手を伸ばした。膝が隠れるくらいの長さなので、太腿を直接見ることができない。

他の人妻のように見て見てとばかりに露出していないところに、奥ゆかしさを感じてしまう。秘すれば花という言葉もある。なにごともあからさまになっているよりも、秘められているからこそ好奇心を煽られるということがある。

翼は両の手のひらで、手触りのいいキュロットスカートに包まれたヒップを撫で回した。身体のラインを過度に主張しすぎないデザインだからこそ、余計に覆い隠されている部分を手のひらでしっかりと確かめてみたくなる。

想像していたよりも、三十路の人妻のヒップはきゅんと盛りあがり、女らしい丸みを帯びていた。これは自転車に跨り颯爽と駆け巡るアルバイトをしていることで、適度に鍛えているからに違いない。

そうかといって、鍛えすぎて男のように肉質が硬いということはない。弾力には満ち溢れているが、その質感はまるで人気店のパンのようにもちもちとしていた。

次第にキュロットの上から、尻の丸みをまさぐっているだけでは我慢ができなくなる。キュロットで覆い隠されている太腿も気にかかる。

「ああんっ、あんまり……」

言いかけて遥佳は口ごもった。

「えっ、どうしたの？」

調子に乗りすぎて、嫌われたのではないかと翼は慌てた。

「あんまり悪戯されてると……ショ、ショーツが濡れちゃうっ。スカートが白いから
シミができたら目立っちゃうわ……」

遥佳は恥ずかしそうにヒップをくねらせた。淫らな行為に昂ぶっているのは翼だけ
ではなかったのだ。

「どうすればいい？　自分で脱ぐ？」

「そっ、それは……恥ずかしい……恥ずかしすぎるわ」

翼の問いに、遥佳は口元をひくつかせながら首を横に振ってみせた。スカートは汚
したくないが、自らの手でスカートを脱ぐことには抵抗があるらしい。

あくまでも脱がされたということにしたいようだ。そんなところにも、セレブな若
奥さまらしさが漂っている。

「だったら、僕が脱がせてあげればいいんですね」

念を押すように囁くと、遥佳は半開きの唇から悩乱の呼吸を吐き洩らしながら小さく頷いた。

そうかといって、キュロットスカートを脱がしたことなどない。キュロットスカートは一見するとスカートのように見えるが、実際はゆったりとしたデザインのパンツになっている。

翼は床の上に膝をつくと、キュロットスカートの上部を留めているボタンを外した。ファスナーを引きおろすと、すとんという音を立てるようにスカートが床の上に舞い落ちる。これで遥佳はオレンジがかったピンク色のショーツと白いソックス姿になった。

スカートを失ったことで、くっとくびれたウエストのラインが強調される。ピンク色のショーツは女丘を品よく覆い隠すセミビキニタイプだ。

ブラジャーとお揃いのショーツのフロント部分には刺繍があしらわれ、繊細なレースやフリルが縫いつけられていた。

「ああん、わたしだけこんな格好なんて恥ずかしいわ」

遥佳は少し拗ねたような視線で翼を見つめた。床に膝をついた翼は、かなりオーバーサイズの白いTシャツとゆったりとしたコットン生地の短パン姿だ。

彼女の視線の奥には、若い男の体躯に対する好奇心が宿っているように思えた。翼はTシャツと短パンを慌ただしく脱ぐと、派手めな柄が入ったトランクス姿になる。

トランクスのフロント部分はこれでもかと言わんばかりに盛りあがり、勃起したペニスの存在を主張している。

「ああーんっ、エッチなんだから……」

若牡の滾りを目の当たりにして、遥佳は恥じらうように床の上に視線を落とした。淡い桜色のルージュで彩られた口元を両手で隠す動作に、まだ戸惑いを吹っ切れない彼女の心身の揺れが表れている。

「でも、遥佳さんだってショーツが濡れちゃうなんて言っていませんでしたっけ」

翼は女心をちくりと刺激するような言葉を口にした。

「だっ、だって……それは……あんなふうにおっぱいを悪戯されたら……だっ、誰だって濡れちゃうに決まってるわ……」

イジメっ子にスカートめくりをされた少女のように、遥佳はイヤイヤをするように肢体をくねらせた。薄いショーツしか着けていない下半身から、ほんのりと甘ったるい芳香が漂ってくる。

「へえ、濡れちゃってるんですか？」

全身からセレブの雰囲気が滲み出す人妻の口から飛び出した「濡れちゃう」という言葉にそそられない男がいるだろうか。翼は尾てい骨の辺りが甘く痺れるのを覚えた。

床に膝をついたままなので、つい先ほどまではキュロットスカートに覆い隠されていた太腿が眼前に迫っている。手のひらで感じたとおり、細すぎもせず、かといって太すぎもしない。

翼の熱い眼差しを感じるのだろう。遥佳は人妻らしい曲線美を描く太腿をすり合せた。ショーツの底の部分と両の太腿の間には、小さな逆三角形の隙間が垣間見える。本当にわずかなその隙間は、まるで男の指先を誘い込んでいるみたいだ。

翼は左手で遥佳のヒップをそっと抱き寄せた。ピンク色のショーツのフロント部分に鼻先を近づけると、その奥に潜む女花の香りが牡の攻撃的な部分を煽り立てる。

ふんっふんっ。わざと音を立てるようにして魅惑的な香りを吸い込むと、遥佳は丸みのあるヒップを左右に揺さぶって羞恥の喘ぎを洩らした。

恥じらわれれば恥じらわれるほどに、男というのは昂ぶるものだ。熟れたヒップを抱きかかえる左の指先に自然と力がこもる。翼はショーツの上から指先でそっと尻の割れ目を指先でなぞりあげた。

「はぁっ、恥ずかしいっ……恥ずかしいのに……」

遥佳はまぶたをぎゅっと閉じると、ほんのりと紅潮した顔を見られまいとするように天井を仰ぎ見ながら巻き髪を振り乱した。

尻の割れ目の辺りを撫で回す指先がショーツの底に触れる。そこはわずかに湿り気を帯びていた。

人妻の秘唇を隠すクロッチ部分が水分を帯びている。翼は大きく息を吐くと、右手の指先でショーツのフロント部分を軽やかに指先でなぞった。

「あっ、ああっ……」

遥佳は熟れたヒップを前後に揺さぶった。その拍子に太腿がわずかに開く。翼はその一瞬を見逃さなかった。見るからに柔らかそうな恥丘の下に潜む、女の切れ込みを包み込む二枚重ねの船底形の布地を指先で軽くクリックする。

「ああーんっ、そっ、そこは……」

鼻にかかった甘え声を洩らすと、遥佳は惑乱の声を迸らせた。指先で軽く刺激した途端、花びらによって堰き止められていた甘蜜がいっきに滴り落ち、二枚重ねの布に淫らな液だまりを作る。

それは夥しい量で、あっという間に二枚重ねの布地の表にまでじゅんっと滲み出し、翼の指先を濡らした。

潤みの強いラブジュースは、まるで濃厚な潤滑液みたいだ。それを指先に塗りまぶして、縦に長い蜜裂をじっくりとまさぐっていく。

指先の動きに合わせるように、上等なナチュラルチーズを連想させる酸味のある香りを放つ卑猥なシミが楕円形に広がっていく。

意識を集中させると、二枚重ねのクロッチによって見えないはずなのに、花びらや充血して大きさを増したクリトリスの形状が伝わってくる。

指先でノックするように淫豆をねちっこく刺激すると、遥佳の声が甲高くなりわずかに背骨の形が透けて見える背筋がしなっていく。

「はあっ、ああーんっ……そんな……こんなのって……ショーツを穿いたままなのに……ああんっ、かっ、感じちゃう、感じすぎちゃうっ……」

遥佳はまぶたを閉じたまま、唇を震わせた。短い呼吸が洩れるたびにヒクつく小鼻が、なんとも可愛らしく思える。セレブな人妻のそんな表情を見ていると、ますます深い悦びを与えたくなってしまう。

「ああっ、ショーツ越しなのに……どうしてこんなに気持ちがいいのっ……ぬるぬるのショーツがクリちゃんにこすれて……気持ちがよくて……ヘンになる。お股がヘンになっちゃうっ……」

遥佳はもどかしげに肢体をくねらせた。男というのは女に比べて直接的な刺激を好みがちだ。それは性器に関しても同じで、トランクスの上から指先でしごきあげられるよりも、剝き出しのペニスをまさぐられたほうが快感が何倍も強い。

ショーツの中は明らかに大洪水状態だ。それでもうるうるとした牝蜜の中に、はっきりとクリトリスの存在を感じる。

翼は狙いをクリトリスに定めた。右手の人差し指でクリトリスの上で指先を前後に踊らせる。同時に、左手を上に伸ばし、露わになった右の乳房を鷲摑みにし、つきゅっとしこり立った濃いめのピンク色の乳首を指先で軽やかに刺激する。

「ああんっ、お股とおっぱいを両方なんて……」

遥佳は悩乱の声を迸らせるばかりだ。どこからこんなにも湧いてくるのだろうかと思ってしまうほど、ショーツの中は蜜まみれだ。部屋の中に濃厚なフェロモンの香りが充満し、破廉恥な気持ちを盛りあげる。

「ああんっ、こんなの……気持ちよすぎて……どうにかなっちゃううっ……」

足元が危うくなるほど感じているのだろう。遥佳は半泣きの声で訴えた。

ショーツさえ脱がせていないのに、こんなに感じるなんて……。遥佳さんって感度がよすぎやしないか……。

翼はよがる遥佳の表情を観察しながら、妙齢の肢体を弄ぶ。思えば、人妻たちにはリードされ気味だった。それなのに、いまは七歳も年上の女が熟れた乳房を左右に揺さぶるほどに、歓喜の表情を見せている。

そう思うと、男としての自信が漲ってくるみたいだ。こうなったら、意地でもイカせてやる。それもショーツを穿かせたままでだ。

翼は深呼吸をすると、ショーツの上からじっくりと淫裂を探った。花びらの上で指先を上下させるよりも、クリトリスに狙いを絞るほうが遥佳の喘ぎ声のトーンが明らかに高くなる。

指先で刺激を与えれば与えるほどに、淫蕾が大きさを増していくのがはっきりとわかった。興奮すると大きさを変えるということは、女にとってのクリトリスはペニスみたいなもので、快感が詰まった肉器官なのだろう。

肉蕾は指先の感覚だけでもわかるほどふくらみきっている。ぬるぬるとした蜜の海の中に、愛らしい真珠が隠れているみたいだ。翼はここぞとばかりに狙いを定めて、指先を高速で振り動かした。

「ああっ、そんなにされたら……ダメよっ……ひぃあんっ、お、お指だけで……イッ、イッちゃうっ……！」

指先にクリトリスが爆(は)ぜるような感触が伝わってきた。まるで肉の快感が詰まった風船が、ふくらみきって破裂するみたいだ。ショーツの上からでも、媚肉全体が妖しい蠢きを繰り返しているのがわかる。

「ああん、たっ、立っていられないっ……」

翼によって支えられていた遥佳はよろめくように、床の上に力なくへたり込んでしまった。やや焦点が定まらない視線は、翼の下半身に注がれている。

ショーツの船底部分は、そこだけが集中豪雨にでも当たったみたいに、びしょ濡れになっている。翼はぐったりとしている遥佳の下半身からショーツを剝ぎ取った。

逆三角形に整えられた若草はあまり濃くはなかった。地肌が透けて見えるので、どちらかといえば薄めだろうか。それは大淫唇なども同じで、やや短めにカットされている。外見と同じく品のいい生えかただ。

翼は濡れそぼったショーツのクロッチ部分を両手で広げると、遥佳に見せつけるように女蜜の匂いを嗅いだ。女によって蜜の匂いの種類や濃さが違う。しかし、それはいつまでも胸の奥深くに吸い込みたくなるような魅惑的な香りだ。

「あんまり感じまくってるから、見ているだけでびんびんですよ」

わざと下卑(げび)た言いかたをすると、翼は膝立ちになると下半身を前後にかくかくと振ってみせた。淫らな肉器官からとろみのある粘液を滲ませていたのは、遥佳だけではなかった。

翼のトランクスの前合わせにも、猥褻な濡れジミが浮きあがっている。床の上にしゃがみ込んだ遥佳は息を乱すばかりで、トランクスを引きずりおろすような力は残っていないようだ。

翼はトランクスを勢いよく脱ぎおろすと、遥佳の目の前に激しく自己主張するような角度で反りかえる肉柱を突き出した。鋭角で踏ん反り返ったペニスは裏筋をぴぃんと張りつめている。

「あっ、ああん、すごいわ。若い子ってこんなに硬くなっちゃうのね」

遥佳の熱い眼差しが男根にまとわりつく。彼女は小さく下唇を噛むと、珊瑚色の舌先をぐっと伸ばした。硬さを見せつける若柱に、柔らかな舌先が触れる。獲物に飢えていた女豹(めひょう)のように、いきなりばくりと喰らいつくような真似はしない。

まるで、その風味を楽しむように鼻先を寄せながら、遠慮がちに舌先をそっと這わせる。ソフトなタッチの舌使いが新鮮だ。

「はあ、いいですよ。遥佳さん、気持ちがいいですっ……」

翼は下腹部を突き出した。たっぷりと舐めしゃぶって欲しいという淫らなおねだりだ。

「あなただって、ものすごくぬるぬるになっちゃってるっ」

遥佳は舌先をすぼめると、尿道口に当てるようにして淫らな粘液をすすりあげた。配達に来たときには、丁寧な物言いからいかにも上品な人妻という印象だった彼女とはまるで別人みたいだ。

「はあ、気持ちいいです。もっともっとしゃぶってください。ぱくって咥えてくださいっ」

翼の唇から欲情に任せた言葉が迸る。

「もう、いやらしいのね。ぱくって咥えてなんて……」

肉欲に逸る年下の男の言葉に、遥佳は艶っぽく笑ってみせた。小ぶりの唇を開くと、大きく息を吸い込むようにして、亀頭を少しずつ含んでいく。その口元を見ているだけで、思わず胸元がぜえぜえと喘いでしまう。

決して激しいタッチのフェラチオではない。逆にそれがいかにもハイブランドのファッションに身を包んだ若奥さまという感じだ。

翼は緩やかに腰を前後させて、遥佳の口の中の温かさと舌先の感触を味わう。彼女の足元を包む白いソックスが、淫靡な雰囲気をいっそう盛り立てる。

遥佳は緩やかに上半身を揺さぶりながら、舌先を絡みつかせてくる。翼は彼女の後頭部に手を回しながら、温かい粘膜の感触を味わうべく、わずかに腰を振り動かした。

フェラチオはあまり得意ではないのだろうか。ちょっと荒っぽくペニスを突き入れようとすると、遥佳は目尻を歪めた。

ここまできて相手の機嫌を損ねてはなにもならない。翼は名残り惜しさを覚えながらも、彼女の口に埋め込んだ男根を引き抜いた。おちょぼ口の遥佳は少し辛そうに胸元を弾ませている。

「こんなに硬くなっちゃってたらツラいんじゃない。ねえ、わたしも欲しくてたまらなくなっちゃったわ」

裏筋を舌先で舐め回しながら、遥佳が甘えた声で囁く。品のいいセレブ妻はなかなかストレートすぎる単語は口にしない。そんな彼女を見ていると、あえて淫猥な単語を口にさせたくなってしまう。

「欲しいってなにが欲しいんですか？　はっきり言わないとわかりませんよ」

「あーんっ、意地が悪いのね。アレよ。アレが欲しくてたまらないの」

「アレじゃあ、わかりませんよ。なにが欲しいのかちゃんと口に出して言ってくださいよ」

「あーん、見た目によらず意地悪なのね。女にそんなことを言わせようとするなんて」

「違いますよ。遥佳さんの口からエッチな言葉が聞きたいんです。そうしたら、コレだってもっともっと硬くなりますよ」

人妻たちとの情事によって、翼なりに駆け引きを覚えていた。卑猥すぎる単語は聞くだけでも興奮するが、言わされるほうだって昂ぶるに違いないはずだ。

「はあん、もうっ、オッ、オチ×チン、オチ×チンが欲しいの」

「オチ×チンをどこに欲しいんですか？」

「ああっ、そこまで言わせるの……あそこ……オマ×コよ。イッちゃったばかりのオマ×コにオチ×チンを挿入れて欲しいの」

女心を甚振るような囁きに、焦れたように遥佳は喉の奥から声を絞りだした。その瞳には、なにかに憑かれたような妖しい輝きが宿っている。

「ああん、早くぅっ……」

遥佳は甘えるように、翼に向かって両手を差し伸べた。セレブな若奥さまに求められていると思うと、自分がワンランク上の男になったような心持ちになってしまう。

翼は遥佳を引き起こして、ベッドに仰向けにゆっくりと押し倒すと、覆い被さるような前傾姿勢になった。いきなり突き入れるのはもったいないような思いに駆られる。まずは、亀頭の先端でぱっくりと割れた切れ長のクレバスの上を何往復もする。

「ああん、オッ、オチ×チンの先っぽが当たってるっ。すっごく、エッチィッ。いやらしいことをされてるのに、はあっ、感じちゃうっ……ぬるんぬるんで、すっごく気持ちがいいっ……」

遥佳は切なげに肢体をくねらせた。特に下から上へと薄皮に包まれたクリトリスを剝きあげるように刺激すると、彼女の声が悩ましさを増していく。

気持ちがいいのは翼だって同じだ。とろとろの蜜まみれの女淫は開ききった蘭の花みたいだ。ずりずりと肉幹をこすりつけると、繊細な花弁や牝蕾が絡みついてくる。

「ああん、早くぅっ……焦らさないで。硬くておっきいので……オマ×コの中をかき回してよぉ」

ベッドに仰向けに横たわった遥佳は、ここよと訴えるみたいに両足の付け根を広げると、熟れた尻を浮かせて物欲しげに揺さぶってみせる。

「ああん、ここだって言ってるのにぃ……」

年下の男の焦らしに遥佳はEカップの乳房を喘がせると、女花の上をゆるゆると弄ぶ肉茎を右手で摑んだ。

赤っぽいピンク色の肉柱は熱い潤みにまみれていて、なかなかしっかりと握り締めることができない。それでも遥佳は猛りきったものに指先を食い込ませると、慎重にペニスの先端をひらひらとなびく花びらのあわいへと導いた。

ここまでされて我慢できる男などいやしない。翼はくぐもった唸り声をあげると、いっきに腰を前に突き出した。

にゅちゅっ、にゅるぢゅぷっ……。

潤みに足を取られるみたいに、ペニスがずぶずぶと飲み込まれていく。まるで女の底なし沼にゆっくりと取り込まれていくみたいだ。

「ああーっ、いいっ……これよ、これが欲しかったのっ……」

遥佳は背筋をしならせると、翼の首の辺りへと両手を回してきた。翼は腰の辺りに力を蓄えて、蕩けきった媚壺への抜き差しをスタートする。

最初はもったいをつけるように浅く、次第に深くと緩急をつけていく。入り口の辺りはきゅんと締めつけが強く、秘壺の中も肉襞がねちっこい感じでまとわりついてくる。

鳥のクチバシを連想させる子宮口に亀頭がぶつかると、なおいっそう締めつけがきつくなる。

まるで、膣壁全体に意思があるみたいだ。深く浅くとストロークを見舞うたびに、柔らかい肉襞が波打つように牡杭に嬉しそうに絡みついてくる。

入り口に近い部分、Gスポットの辺り、子宮口の辺りとペニスが蜜壺を抉るようにかき回すたびに、三箇所がきゅん、きゅんっと小刻みに収縮する。

まっ、まさかこれが……三点締めってやつなのか……。

翼自身には女性器を名器かどうかを判断するほどの経験はない。しかし、締めつける部位が絶妙なタイミングで変化する蜜穴が心地よいことだけは確かだ。

「くうっ、あんまり締めつけたらヤバいですって」

翼は喉の奥からくぐもった声を洩らした。

「だっ、だって気持ちがいいんだもの……。あーん、オマ×コの中で、オチ×チンが動いているのがすごくわかるの。気持ちよくてお尻が動いちゃうっ」

遥佳はペニスの感触を味わうように、ぎゅっとまぶたを伏せている。

「ああん、動いて、いっぱい動いて、いっぱい感じさせてえっ……」

三十路の人妻の性欲は底なしだ。開いていた遥佳の足が宙に舞うと、翼の腰の辺りにぐるりと巻きついてくる。

まるで、満足するまでは絶対に逃がさないと言っているみたいだ。翼は自分を奮い立たせるように荒い息を吐くと、しがみついてくる遥佳の唇にキスをした。

ちゅっ、ちゅちゅっ。ふたりは互いの舌先を絡め合い、とろりとした唾液を味わいながら密着した下半身をぶつけ合う。

抜け落ちそうなほどに腰を引いてから、再びがつんという音が響くような激しさでヴァギナを穿つと、遥佳の喘ぎ声が裏返る。それを何度も何度も執拗に繰り返す。

「ああんっ、いいのっ……。激しくされると……感じちゃうっ。アソコからお汁がいっぱい溢れてきちゃうっ……」

身悶える遥佳の言葉に嘘はなかった。愛液で溢れ返った蜜壺にずこーんという音が響きそうな勢いでペニスを突き入れると、愛液がびゅっ、びちゅっと噴き出して翼の太腿の付け根を濡らした。

今回の出前で頼んだのはツユダクの牛丼だったが、遥佳自身の肢体がまさにツユダクだ。

とはいえ、このまま翼のペースで腰を振り続けていたら、辛抱が利かなくなってしまいそうだ。翼はもう一度唇を重ねると、彼女の背中に両手を回してゆっくりと起きあがらせた。

遥佳の両足は翼の腰にしっかりと巻きついている。前傾姿勢になっていた翼が身体を起こしたことによって、対面座位の格好になる。

　深々と貫いているので、お互いに腰を少々振り動かしたところで抜けることはない。胡坐をかいた翼の太腿の上に跨った遥佳はかすかにはにかむと、口をすぼめてキスをおねだりした。

　ちゅっ、ちゅっ。ワンルームの室内にお互いの唇を求めあう軽やかな音が響く。はじめて会ったはずなのに、向かい合うようにしてキスを貪りながら繋がっている。

　こうしていると、まるで恋人同士がセックスをしているような錯覚を覚えてしまいそうになる。しかし、翼の太腿の上で熟れたヒップを揺さぶっているのは、左手に結婚指輪をはめたセレブな人妻なのだ。

「はぁん、気持ちいいっ、こんな恰好……はじめてなの……。夫はちょっと身体を弄るだけで、すぐに挿入して終わりなんだもの。いつも正常位ばかりだし……」

　日頃は胸の中にしまっておいたのだろう。遥佳の唇から夫への不満が洩れてくる。毎日の暮らしに不自由を感じることはなくても、満たされない思いはワインの底に溜まる澱のように、彼女の心に影を落としているのだろう。

「だったら、今日は思いっきり感じればいいよ」

　翼にとっても対面座位ははじめてで、体位の移動の仕方はネットで得た知識でしかない。しかし、そんなことを言えるはずもない。翼は余裕のある振りをして嘯いた。

「でっ、でも、こんな恰好なんてはじめてだから、どんなふうにしたらいいかわからないの……」

恥ずかしい秘密を打ち明けるように、遥佳が抱きついてくる。もっちりとしたEカップの乳房が男の胸板に密着する。柔らかさの中に弾力を備えたその感触は、まるで極上の蒸しパンのようだ。

翼はベッドに尻をついたまま、軽く腰を上へと跳ねあげた。

「あーん、膣内で動いてるぅっ……」

翼の太腿に跨った格好の遥佳はセクシーな声をあげると、甘えるように抱きついてきた。

ちゅっ、ちゅるっ、ちゅちゅっ……。

下半身だけでなく上半身も密接に触れ合う対面座位で繋がっていると、まるではじめて身体を重ねている気がしなくなる。

翼はくびれたウエストから張りだしたヒップをがっちりと摑むと、それを少々乱暴に揉みしだいた。

こうすると、ペニスを埋め込んだ膣肉の締めつけが厳しくなる気がする。

「ああーんっ、感じちゃうっ……ねえ、ヘンなの……お尻が、お尻が勝手に動いちゃうっ、動いちゃうのっ……」

翼の突きあげに呼応するみたいに、遥佳は円を描くように丸いヒップをくねらせた。

「いいっ、こんなの……はじめて……いいっ……思いっきりして……オマ×コの奥をかき乱してぇっ……」

胸の奥底から湧きあがる喜悦にやや掠れた遥佳の声を聞いていると、セレブ妻をもっともっとよがらせてやりたくなる。

翼が下腹にぐっと力を込める。すると、その弾みで遥佳の蜜壺の中で牡杭がびゅくんと前後に蠢（うごめ）く。

「ああん、動いたわ。オチ×チンが動いたの。はあっ、気持ちいいっ……ああんっ、気持ちよすぎて……はあっ、オチ×チンのことしか考えられなくなっちゃうっ……」

遥佳は聞いているだけで、こめかみの辺りがかあーっと熱を帯びるような淫猥な言葉を口走りながら、熟れた尻を回転させる。

冷静なフリをしていても、翼にも限界がひたひたと近づいてくる。翼は喉の奥を鳴らした。

「感じてるんですよね。思いっきり、感じてるんですよね。いいですか、射精（イキ）ますよ。

遥佳さんの中に思いっきり発射（だ）したいっ」

「いいわ、思いっきりきてえっ。わたしの膣内（なか）に思いっきり熱いのを発射（だ）して。オマ×コの奥に熱い精液（ザーメン）がかかるのを感じたいの……」

言うなり、遥佳は夢中で唇を重ねてきた。絡みつく舌先がひとつに溶け合うような情熱的なキス。息を継ぐのさえ苦しいくらいだ。

酸欠状態が性感をいっきに急上昇させる。

「んんっ、でっ、射精（で）るっ！」

「いっ、イッ、イッちゃうっ、イッちゃうーっ！」

ふたりの唇から同時に法悦の喘ぎが迸る。下半身は少しの隙間もないくらいに密着している。

翼の牡銃の引き金が引かれると同時に、甘蜜で充満しきった女壺の中に沸騰した白濁液が乱射される。

どくっ、どびゅっ、びびゅんっ……。

白濁液が発射されるのに合わせるように、深々と埋め込んだペニスが乱高下する。

「ああんっ、膣内（なか）で、オッ、オチ×チンがびくびくいってるーっ！」

感極まった声をあげると、遥佳は翼の背中をかき抱いた。

　ふたりは汗ばんだ身体を寄せあうようにしてベッドに横たわったまま、絶頂の余韻の波間を漂っていた。どれくらいそうしていただろうか。

「あんっ、まだ頭の中が白くなってるみたいっ」

　胸元を押さえながら、遥佳がゆっくりと身体を起こした。

「これ、借りていいかしら？」

　遥佳が指さしたのは、翼が着ていたオーバーサイズの白いTシャツだった。男の翼でさえかなり大きめなので、遥佳が羽織ると、お尻どころか太腿のほうまで隠れる。

「せっかく頼んだ牛丼がすっかり冷めきっちゃったわね。冷めたものを食べさせたくないから、お台所を貸してもらってもいい？」

　台所といってもワンルームなので、お義理程度のシンクとガスコンロがあるだけだ。

　遥佳は冷蔵庫を開けた。

「さすがは出前を頼むだけあるわね。ほとんどなにも入ってないのね」

「男のひとり暮らしなんてこんなもんですよ」

「そうよね、自炊が得意な自炊男子なんていうのもいるみたいだけど、それならば出前なんて頼まないわよね。あらっ、卵とキムチがあるじゃない。これならば上手くできそうだわ」

白いTシャツだけを身にまとった遥佳は、コンロにフライパンを載せた。自宅のキッチンが活躍するなんていつ以来だろうか。

遥佳は手慣れた手つきで刻んだキムチを炒めると、さらに卵を割り入れた。そこにツユダクの汁を吸いきってしまった牛丼を投入する。

キッチンから漂ういい香りに、翼は鼻を鳴らした。オーバーサイズの白いTシャツはグラビアなどでアイドルが身に着ける男物の大きなシャツを連想させる。ましてや、Tシャツの下にはなにも身に着けていないと思うと、一回戦を終えたばかりだというのに、下半身がむらむらと反応してしまう。

翼はガスコンロの前に立つTシャツ姿の遥佳の背後に忍び寄った。薄手の生地の中には一切下着などは着けてはいない。

翼はスカートまくりをする悪戯っ子みたいに、Tシャツの裾に手をかけるとそれをそろそろとめくりあげた。

桃のような曲線を描く尻が露わになる。

「ああん、エッチなんだから。そんなことをされたら、お料理ができなくなっちゃうわ」

尻が空気に晒される感覚に、遥佳は身体をひねって抗議をした。

「お料理もいいけれど、また遥佳さんのことが食べたくなっちゃったよ」

「もう、せっかちなんだから。せっかく牛丼を炒め直して、キムチ炒飯にしてあげようと思ったのに」

「キムチ炒飯は確かに美味しそうなんだけど、遥佳さんのヒップやおっぱいのほうがずっと美味しそうだよ」

右手でTシャツの裾を摑んだまま、一糸まとわぬ姿の翼はフライパンを操る遥佳の胸元へと左手を伸ばす。

「ああーん、エッチィッ……」

フライパンとお玉を握っている遥佳は自由を封じられた格好だ。翼は背後からTシャツ越しに乳房を鷲摑みにすると、やや荒っぽいタッチで揉みしだいた。

重量感のある乳房がTシャツの中で乳首を硬くする。白いTシャツが翼の卑猥な妄想をより駆り立てている。

「もう、お料理が完成するまで我慢できないの？」

「こんな色っぽい姿を見せられたら、我慢なんてできっこないよ」

白い布地越しに乳首をまさぐりながら、翼は囁くと裾がめくれあがったTシャツからのぞくむっちりとしたヒップの割れ目に、牡の部分を押しつけた。

すでに一度発射しているというのに、牡柱は完全に硬さを取り戻している。翼は亀頭の先端で蠱惑的な割れ目をゆるゆると撫であげた。

「ああん、ダメだって言ってるのに……」

火を扱っているので、大きく身体を左右に振って逃れることもできない。

「まだ、オマ×コがぬるぬるになったまんまだよ。このまま後ろから挿入れちゃおうかな」

翼はまだ甘蜜が滲み出している女の切れ込みを、亀頭や裏筋でゆっくりと撫で回す。一度絶頂を迎えている女体は、男が想像するよりはるかに感じやすくなっているらしい。

「ああん、せっかくお料理をしているのにぃ……」

「お料理は炒め直せば、いいんだろう。いまは遥佳さんを食べたい」

翼は遥佳の耳元に口元を寄せると、そっと息を吹きかけた。耳や首筋が彼女の弱いポイントだということはわかっている。

腰に軽く力をこめただけで、完全に熟しきったメロンのように柔らかくしっとりとした牝唇が嬉しそうにペニスを飲み込んでいく。

「ああん、ダメって言ったのに……せっかちなんだから」

背後から突き入れられた遥佳は背筋を大きくしならせた。もうフライパンやお玉を握っていることなどできないようだ。

「まずは遥佳さんを、もう一度たっぷりと味わいたいよ」

桃のように割れたヒップの中心に牡槍が突き刺さっている。まるで熟れきった果肉にフォークを突き刺しているみたいだ。

「もう、我慢ができないなんて……困った男ね」

遥佳はガスコンロの火を消すと、翼のほうを振り返り、キスをねだる仕草をした。

「せっかく収まりはじめていたのに、また火をつけるんだもの。最後までちゃんと責任を取ってね」

ヒップをくねらせながら、遥佳は甘ったるい声を洩らした。

「最後まで責任を取るとなると、大変そうですね」

「そうよ、普段は夫に従順な妻を演じている女の仮面を剝いだんだもの。ねえ、今度はワンちゃんみたいな恰好でされたいわ。あれってすっごくいやらしい格好だと思わない？」

ふたりは背後から繋がったまま、ゆっくりと膝を落とした。白いTシャツの裾からのぞくヒップは牡茎をしっかりと咥え込んでいる。

「なんか獣っぽい格好って興奮しちゃうっ。思いっきりわたしをエッチにして……」

背後から串刺しにされながら、遥佳は獲物を狙う猫科の動物のような前傾姿勢を取ると、自ら腰を振りたくった。

これは……しばらくご飯にはありつけそうもないな……。

思えば朝からなにも口にしていない。しかし、いまは人妻がこしらえてくれる手料理よりも美味しそうな肢体を堪能したい。

飢えた二匹の獣は心と身体の隙間を埋め合うように、お互いの身体に軽く歯を立てながら甘い時間を貪っていく。

きっと遥佳は満足しきるまで、牡の身体を解放することはないだろう。人妻の欲深さに圧倒されながら、翼は背後から叩きつけるように腰を動かし続けた。


（了）

※本作品はフィクションです。作品内に登場する
団体、人物、地域等は実在のものとは関係ありません。

つゆだくお届け便

〈書き下ろし長編官能小説〉

2020年6月15日初版第一刷発行

著者……………………………………………鷹澤フブキ

デザイン……………………………………………小林厚二

発行人……………………………………………後藤明信
発行所……………………………………………株式会社竹書房
〒102-0072 東京都千代田区飯田橋2－7－3
電 話：03-3264-1576（代表）
03-3234-6301（編集）
竹書房ホームページ http://www.takeshobo.co.jp
印刷所……………………………………………中央精版印刷株式会社

定価はカバーに表示してあります。
乱丁・落丁の場合は当社までお問い合わせください。
ISBN978-4-8019-2280-8 C0193